暗黒捜査

警察署長　綾部早苗

二上　剛

KODANSHA NOVELS
講談社ノベルス

カバーデザイン＝泉沢光雄
カバー写真＝Getty Images
ブックデザイン＝熊谷博人・釜津典之
表紙デザイン＝welle design

一

刑事課長の長谷川《はせがわ》が朝礼終了後、すぐに署長室に来たのはこの二年足らずで初めてだ。どうしたのだろう。期待より不安が先行した。面白みの片鱗《へんりん》もないこの五十男、男の優しさとか魅力といったものを感じない。こんな男にいい仕事が出来るわけがないと思う。が、いやしくも刑事課長だから必要なことは喋《しゃべ》らないといけない。

　同じ刑事でも、根尾《ねお》や香芝《かしば》は違う。階級は下だが、二人には魅力がある。こんな課長の部下でいるのは辛《つら》いだろう。

　……刑事課長にとって余程のことなのだろう。気のせいではなく、確かに緊張の色が濃い。

　何も言わないでモジモジと突っ立っているので、「どうぞ」とだけ言ってソファを手で示した。刑事課長は少し間をおいて、ぎこちなく座ったが相変わらず話し出さない。綾部《あやべ》はいつものこの男のふてぶてしい態度から、こちらから助け舟を出す気がしない。いつまでも黙っていてやろうと思った。

「じつは……」とだけ小さく聞こえたが、後は何を言っているのか分からない。再び口を閉じた。

　綾部は顔を上げたものの、振り上げた手を下ろす所がないように視線の持っていく所がない。バカにしているのではないか。しかも署長室に入ってきて何も言わないとは、いい歳《とし》をして失礼な態度ではないのかとも思い始めた。

「長谷川課長、帰りなさい。そんな態度を失礼だと思わないような人間と、話は出来ない」綾部は感情を抑えて言った。

「ちょ、ちょっと待ってください」刑事課長は慌てて言った。

「随分待ったから言っているの。もう待てない、限度なの」

「言いますので」と刑事課長はモジモジしながらも

天井を見上げた。「じつは、……署内で盗難事件が発生したんです」と声を震わせて言った。

予期しない言葉に、綾部は肩透かしを食ったというか期待外れというか、とにかく気勢をそがれた。署内での盗難などよくあることだ。

「どんな盗難事件なの？」と聞かざるを得ない。

どんな事件が発生しようと、どっしり構えて署長に的確な助言をするのが刑事課長だとは、日本中の警察署長が思っていることだ。〝刑事課長は署長の懐刀《ふところがたな》〟と言われる所以《ゆえん》はそこにある。……たかが盗難事件ではないか。

「じつは、三日前に詐欺《さぎ》事件が発生したことは報告しましたとおりですが、その事件の証拠品として押収しました現金八千五百万円が無くなったんです。規定どおり、会計係の金庫の中にしまっておいたんですが、出勤した会計係の者が金庫を開けて、無くなったことを発見したんです」刑事課長は、言葉を詰まらせながらやっとの思いでそこまで言った。

綾部は気のせいかもしれないと思いながらも、刑事課長が変に弁解ばかりしているような気がしてならない。そもそも立場上、話し難《にく》いことではないし、日頃の横柄なこの男の態度からは有り得ない謙虚な態度だ。

「それだけ？」綾部はあてつけがましく尋《たず》ねた。

刑事課長は、すかさず二、三回頷《うなず》き、「そ、それだけです」と応《こた》えた。

「大金ですね」と綾部は言って、現時点で知り得たことを報告させたが、ありきたりのことばかりだった。

「警察署内から八千五百万もの金が無くなったんですよ。そんな報告なら、スーパーの万引きを報告する新米交番勤務員と何も変わらないね」綾部は嫌味たっぷりに言った。

証拠品の現金を規定どおり保管したことを、刑事課長はことのほか強調する。

「外部からとも考えられます」刑事課長は嫌味を言

われたからか、付け加えた。

「警察署に泥棒が入るなんて、恰好《かっこう》のいい話ですね？」綾部は刑事課長の顔を見つめて言った。

「だからこそ私は、報告を渋《しぶ》っていたんです」

「深いご配慮ありがとう、と言いたいところだけど、だからこそ一刻も早く報告すべきじゃないの。あなた刑事課長でしょう」綾部は嫌味を繰り返した。

「八千五百万円もの大金見たこともない。どのくらいの量と重さなのかしら」綾部は小首をかしげ、独《ひと》りごとのように言った。「映画じゃないんだから、外部からの犯行は考え難いんじゃないの、プロの刑事としてどうなの？」

刑事課長は何を思ったのか勢いよく立ち上がり、「仕事がありますんで」とだけ言って出ていった。

来たときの態度と違っている。失礼します、とも言わなかった。綾部は何も言わず、理解しがたい後ろ姿を見送った。


刑事課長は何かを隠している。規定どおり保管すれば無くならないはずだ。それが無くなったのだから、そこに過失があったり、故意があったりしたはずだ。何か隠されているに違いない。

もうすぐ十時。サンドイッチの時間だから、堤《つつみ》がコーヒーを持ってきてくれる。彼女も会計係員だから、この盗難事件を知らないはずはない。来れば少し尋ねてみようと思った。十時に五分ほど前、いつもどおりコーヒーを盆に載せて入ってきた。

「いつもごめんんね。十時が楽しみなの」

自然と笑みがこぼれる。十時を楽しみにしない日はない。堤の大きな優しさに、日頃の孤独感が広がり、涙が滲《にじ》んでくることもある。

「会計係の金庫から、大金が無くなったんですってね」一口食べ終えてから綾部は言った。「大騒ぎになったの？」

サンドイッチは薄く切ったパンの耳まで切り取られ、野菜にハム、玉子、ビーフなど挟んであるものは日によって異なるが、パンの倍の厚さがある。いつも見事な切り口で二等辺三角形をなしている。

「そんなことあったんですか？　いつです？」堤は目を丸くし、身を乗り出して聞いてきた。

「今朝、らしいよ。白い粉を刷毛《はけ》に付けたりする鑑識活動とかしていなかった？」

「私は必ず、会計係長さんに朝の挨拶《あいさつ》をしてからここに来るんですけど、普段どおりでした。皆さん、朝早いですから、自分の椅子《いす》に座ってコーヒー飲んでましたよ。金庫は気にもしませんでしたけど、大金盗《と》られたんですか？　夜ですか？」好奇心旺盛《おうせい》な堤はさかんに聞いてくる。

「八千五百万無くなったの。これから捜査が始まるので誰にも言わないでね」

「言いません。夫と共に警察職員ですから」と大真《おおま》面目《じめ》に堤は応えた。

　極めて不自然だ。会計係の堤が気づかないはずはない。いつも署長の傍《そば》にいる堤には気づかれたくなかったのかもしれない。だがいずれ知られることは明白だ。取り越し苦労かもしれないが、うさん臭《くさ》いどころではなくなってきた。

　綾部は本庁（警察庁）に報告した。組織の判断を受ける必要性を感じたからだ。

　本庁の指示は、八千五百万無くなったことは報道各社に発表はするが、以後は報道規制を掛けて一切の報道を打ち切るということだった。警察庁からその旨を府警本部長に指示するから、綾部としては報道関係に対してすべきことはないということだ。

「意外にこういうことは世間に広がるので、〝捜査中〟ということにして、今は発表する時期ではないと言い切ることです。新しい事件が次々に発生するので、古びた事件への大衆の関心は自然と消えていくのですよ」本庁警備局公安課長は言った。

　この署に異動になる前、

「ノンキャリアが幅を利かせるようになれば、警察組織の本来の目的が果たせない。君の将来のためでもあるから、しっかりやってきなさい。子供に言うようなことだけど、警察本来の目的とは何か、知っていますね」と言われたことが改めて思い出された。

「現、国家体制を維持することです」綾部は即、応えた。

全国警察官数の、〇・一パーセントにも満たないキャリア警察官が、何十万人ものノンキャリア警察官を意のままに動かしていることは、一般大衆には意外に知られていない。しかし、キャリアの綾部はこの二年足らずで、ノンキャリアの中のエリートたちの横暴さには許しておけないものがあることを痛感させられた。

彼らの中に八千五百万もの大金を手に入れ、薄ら笑いをしている者が確かにいる。報道発表するしないにかかわらず、犯人逮捕に至らないのなら、ノンキャリアを今までどおりのさばらせることになり、現国家体制維持につながらない。それなら、自分が署長席に座っている意味がないではないか。

綾部は刑事課へぶらりと立ち寄った振りをした。

相変わらず、誰が被疑者か刑事か、あるいは参考人かハッキリしない。今でこそ綾部は判別が付くが、着任早々の頃はただ騒然としていることだけが目に付き、腰縄が机の脚に括《くく》りつけられているのを目の当たりにして被疑者と分かり、ここは刑事課なのだと思ったものだった。

品性の欠片《かけら》もない言葉が飛《と》び交《か》う大部屋、現場は生きている、と綾部は来るたびに痛感する。

根尾涼子《りょうこ》盗犯係長とその部下、香芝光太郎《こうたろう》刑事の方へすぐに目がいったが、すでに二人はこちらを見ていた。根尾は大阪《おおさか》府下五人しかいない刑事課女性係長の一人である。座ったまま軽く頭を下げた。香芝は中腰になりやや微笑《ほほえ》んでペコリと頭を下げた。二人を見ると堤から聞いた話を思い出す。

綾部はゆっくり大部屋を一周した。誰もが額に汗をにじませて司法書類を作成している。綾部がここにきて最初に驚いたのは、司法書類の多さだった。大部屋の一角を占領した司法書類棚へは、常に刑事たちが行き来している。綾部の見る限りでは百種類ぐらい引き出しがあり、それぞれの司法書類が行儀よく入れられている。

よく見かける顔だなと思って見ていると、その腰に縄が巻かれている。被疑者だったのか……。綾部は少し恥ずかしい気になった。刑事課長が何か言って後ろからついてきていた。

大部屋から出るとき再び根尾と香芝に目をやったが、来たときと同じようにこちらを見て頭を下げた。綾部はニッコリ笑い、そしてゆっくり頭を下げた。

続いて会計係へ行った。

刑事課のような騒然さはなく、市役所のように寂としている。五人の係員は手を止め、一斉にこちらを向いて、「お疲れ様です」と小声で言った。五十歳過ぎの小柄《こがら》な係長が立ってきて、現在している仕事内容の報告を始めた。盗難事件を意識しているのか低姿勢過ぎる。

「いいんです。皆さん、仕事を続けてください」綾部は係員に言った。

拾得物などの受付窓口が廊下に面していて、一般人といつも接することから、部屋も広く整理整頓《せいとん》が出来ている。例の金庫は受付窓口から見えない奥に置かれている。意識して見ていなかったので、ここにあったのかと綾部は初めて見る思いがした。幅、奥行き六十センチ、高さ一メートルぐらいの鉄製金庫だ。

「あそこにしまってあったの？」と綾部は係長に尋ね、金庫に近づいた。

「はい、そうなんです」係長は自分の責任のように、ますます小柄な背をかがめ頭を垂れた。

「中を見せてください」

係長は金庫の鍵《かぎ》を自分の机の引き出しから出してきて扉を開けた。中は意外に広いスペースがあり、ガランと空いている。八千五百万が入っていたんだなと思ったが綾部は何も言わなかった。分厚い扉の番号合わせの箇所はビニールテープで固定してある。

「金庫の番号は合わせないのですか？」

「それが私の失敗だったんです。一回一回、その都度番号を合わせるのは時間がかかりますので、番号は固定し、鍵だけで開け閉めしていたんです」会計係長は泣きそうな声で言った。

窓には頑丈な鉄格子が取り付けられてあり、外部からの侵入はちょっと考えられない。

綾部は「ごくろうさま」と言って会計係を後にした。

内部の犯行とすれば、犯人は一人とは考えられない。例えば――階級上位の者何人かが、組織的に綿密な計画を立て知恵を絞って実行しなければ、これほどの大仕事は達成できそうにない。おそらく課長以上の管理職が中心だろう。単なる金欲しさとも考え難い。盗った金を使い何かを得る。固く口裏を合わせ巧妙にやり遂げるには、日頃のいさかいを超えた共通の信念的なものが必要だ。周囲は大なり小なり、捜査感覚を持った警察官や職員ばかりだから、下手をすればすぐに捕まってしまう。

……綾部の中で長谷川刑事課長のソワソワした態度への疑惑がますます膨《ふく》らんでくる。あれほど横柄な男が、少女のように怖がっていたではないか。

綾部は、根尾と香芝にこの事件を担当させることにした。

根尾と香芝以外の刑事を当てれば、刑事課長に言いくるめられ、その意のままに動くに違いない。だが二人ならそうはならないと思う。

そう思うのは堤からの話が大きく影響しているが、直《じか》に感じた印象と一致する。もし二人が、刑事課長からそんな脅しや誘惑を持ちかけられれば、撥《は》ねつけると思うのだ。二人を支えているこんな正義感は、階級社会を踏み越えているのではないか、自分が気に入っているからそう思うのではないかなどと、何度も自問自答した。結局二人に事件を担当させたが、所詮《しょせん》はノンキャリア間での瑣末《さまつ》なことだという思いを強く持った。

二人を署内盗難事件の専従員に当てることを、刑事課長を通じて正式に下命した。


下命して一週間ほど過ぎた頃、根尾と香芝を署長室へ呼び、捜査経過を報告させた。

早速、刑事課長からの報告と違っている。捜査過程を説明した後、現在捜査は行き詰まっていると言う刑事課長に対し、根尾は被疑者がほぼ判明してきましたとハッキリ言った。刑事課長はどんな臭気か判別できないが、やはり大いに臭《にお》う。

「私は全くの素人だから捜査の中身は解《わか》らないけど、正直に言うと刑事課長からの報告と肝心のところで違うの。どちらが本当なの？」綾部は根尾と香芝をじっと見て尋ねた。

二人は打ち合わせたように下を向きしばらく口を利かなかったが、根尾が顔を上げた。

「食い違うときはよくありますが、どこが違うんです？」

「いろいろ違うんだけど、最終的に課長は行き詰まっていると言ったの。ほぼ判明しているとは全然違う。どちらが本当なの？　違う事件を捜査しているわけじゃないでしょう」綾部はニヤリとして言った。

根尾と香芝は顔を見合わせたが、気まずそうに、あるいは約束したように顔を元に戻した。

「そういうことは、よくあるんです。ウソを言うてる方は言葉巧みに言うてます。署長はどっちを信じます？」と根尾は逆に尋ねてきた。そして、

「報告に限らず意見の食い違いでも、肉と魚とどっちが旨《うま》いというようなことでも、階級上位の者の言うことを文句なしに信じるのが、警察組織の常識というか鉄則なんでしょう？　それに異をとなえる者

は昇任させない。組織の一枚岩、いうのはそれででしょう。そのための階級と違います？　特にキャリアはそうじゃないんですか？　……綾部署長さん、今更、子供に言うようなことを聞かないでくださいよ」

遠慮なくものを言う根尾に、綾部はかなり腹が立つが、警察組織には確かにその傾向はある。しかし、指示命令についてはそのとおりだが、その他のことで信じる信じないは階級に関係なく、聞く側《がわ》の力量だと綾部は思っている。そんなことを上から教えられたこともない。根尾と香芝を信頼したからこそ専従員にしたのであって、刑事課長の言うことなど初めから信じていない。根尾からの食い違うそんな報告を心待ちにしていたといっても過言でない。

「共犯は何人ぐらいになるの？」綾部は根尾の言ったことを気にしていないように言った。

こんなことで現場の人間が苦しんでいるのではないかと想像はしていた。ノンキャリアのエリートたちが持っているキャリアに対する特殊で強烈なコンプレックスは、結局のところ下位の階級の者に向けられている。それは各都道府県警察において、それぞれ独特の階級意識を生んでいるように思えた。

綾部には根尾の肩の力が抜けたように見えた。

「いろんなことが分かってきまして……。信じてもらえるんなら言いますが、今までのように潰《つぶ》されるんなら黙っていようと、香芝君と話していたところでした」根尾はそう言って香芝の方に目をやった。

香芝は、怖い顔をして綾部を睨《にら》みつけている。

「どっちを信じるかは階級に関係ないと思うよ。少なくとも私自身はそう思っている」綾部は二人を睨み返して言った。そして、「八千五百万もの大金を警察の会計金庫から盗み出して、ノウノウと知らん顔をしている人間を私は許せない。犯罪者は多いけれど大方は貧困が原因、食べるための手段だから、悪人とは言えない。悪人とは法の網に引っ掛からず金を奪っている人間のことなの……。今回の事件についてハッキリ言ってしまうと、刑事課長は犯人の一人ではないかと、そこまで私は思っているの。つまり悪人。初めて口にするんだけど、どう思う？間違っているかしら」と言った。

根尾は予期しなかった言葉だったのか目をむいている。しばらく口も開いていた。が、根尾の方を向いていた香芝はどこか嬉《うれ》しそうにしている。

「私らを信用してもらったようで、ありがとうございます。ハッキリ言って、私らもそう思いますけど、まだ証拠を摑《つか》んでいません。香芝君と二人でどうしたらいいか、困っていました」根尾は言った。

ここまでに至る経過を根尾は話した。聞き終えた綾部は、信じられないことが多かった。

「もし私ら二人を護《まも》ってもらえるんなら、八千五百万の在る所へ今からでも案内しますよ」と根尾は躊躇《ためら》いなく言った。

「それは止めておきましょう。見てしまえばそれで事件は終わってしまいそうだから。きっと護るから、共犯が何人になってもかまわないから捜査を続行して」

綾部はノンキャリアの妬《ねた》みがここまで大きく、極端だとは思わなかった。

ここ黒川《くろかわ》署長のポストをキャリアに取られたことが、これほど悔《くや》しく腹立たしいことなのだろうか。どんどん署長級のポストを奪われ、彼らは署長になれないとでも思っているのだろうか。

キャリアの方は、自分らがいるから都道府県警察が存在するのであって、そんなことを思っていること自体がノンキャリアとしておこがましい。署長級のポストにキャリアが就くことなど、キャリアにとっては降格人事なので有り難くないことだが、仕事の一つとして仕方なくやっていることなのだ。

言ってみれば、キャリアの傲慢《ごうまん》さとノンキャリアの妬みは折り合うところがなく、根が深くなるばかりで大きな危機感を孕《はら》んでいるように、キャリアの綾部は思った。

「根尾係長と香芝君は、いつでもここへ来て報告しなさい。ただし目立たないように」

二人は満足そうに大きく頷いていた。

二人の退室後、綾部はソファに身を沈め、根尾と香芝に熱弁をふるったことを反省した。

徐々に冷静さを取り戻し、軽口をたたいた迂闊《うかつ》さを悔《く》いた。自分はキャリア中のキャリアであることを忘れて、掃いて捨てるほどいるノンキャリアのエリートにもなれない者に味方しているではないかと。

確かに刑事課長は悪人であり犯罪者でもある最低の人間に違いない。

それにしてもあの根尾という女、係長のくせによくあそこまで喋ったものだ。見方を変えればあんな二人こそノンキャリアの落ちこぼれの最たる者、信用の出来ない人間の代表格ではないのか。内部告発でもやりかねない裏切り者に平気でなるタイプだ。その証拠にあの刑事課長の下で、今でも機嫌よくいるではないか。それがたった今、その刑事課長を裏切ると言ったではないか。

本庁にいる上司たちは、キャリアとノンキャリアの確執がここまで深いものとは知る由もない。そもそもノンキャリアの数の多さに重点を置き過ぎて、その中のエリートたちを甘く見ている傾向にある。だが綾部には、確執の深さが解る。都道府県警察の警察署長に二年足らずどっぷり浸《つ》かった成果だろうか。

二

八千五百万盗難事件から一ヵ月ほど過ぎた頃、誤認逮捕事案が発生した。当直中だった。

その日の当直も香芝は最末端、息つく間がない。刑事当直班長が急遽《きゅうきょ》変更になり、香芝の尊敬する根尾係長になった。

当直が始まった午後五時四十五分から、ひったくり、盗難臨検がいつものように入った。

〈被疑者は逮捕して留置場に放り込んだ。パクッた《逮捕した》ことが、せめてもの慰めやな〉香芝は自分に言い聞かせ、この傷害事件に取り組んだ。

参考人のパチンコ店員を担当した香芝は、この事件のすべてがぼやけているような気がした。

「ちょっと、良《い》い？」根尾が香芝を呼びに来た。

根尾はこの事件についても、もっとも大事な被害者供述調書をとっていた。

香芝は、うさん臭いパチンコ店員の前から、待ってましたとばかり腰軽く立ち上がった。

根尾の机の前には、被害者の五十半《なか》ばの女が、パイプ椅子から尻《しり》の肉をはみ出させて座っている。

「えらいことや」根尾はめずらしく暗い声で言った。

被害者には聞こえている。目の前の壁には、大きな一ヵ月毎《ごと》のカレンダーが、太いネジ釘《くぎ》に少し斜めになってぶら下がっている。

「どうしたんですか？　何かあったんですか？」

「このおばちゃん、ひどい近眼なんよ。ここから、あのカレンダーの字が見えへんのや」

香芝が気を遣うほど、根尾はおばちゃんに聞こえよがしに言う。おばちゃんは気にする様子もなく、パイプ椅子がしなるほどの体重を乗せ、灰皿に捨てられたタバコの吸殻を指先でもてあそんでいる。

カレンダーまで、二メートル余りしかない。カレンダーの数字は一辺が五センチ以上ある。捜査活動の予定を書き込むために、各係が使っているカレンダーだ。

「殴られたとき、眼鏡《めがね》してへんかったんか?」香芝は、被害者の満月のような顔を見て尋ねた。

「してへんかったらしいよ。取りに帰らんと、そのままパチンコ屋に入ったらしいの」

根尾の聞こえよがしの声は続く。

「調書をとってたら、目を細めたり、しかめたりするから、『目、悪いんかいな』と聞いてみたんや。そしたら、『ド近眼やねん。今日は眼鏡を忘れてな』と言うんや。『ほんなら、犯人の顔、見えへんかったんと違うんか』と尋ねたら、えらい慌てて、『いや見えた。あいつは、私《わて》を殴った奴《やつ》や。あいつに間違いない』と言いよる。あとは、その一点張りや」

パチンコ店の閉店前、店の前でこの肥満女が見知らぬ五十歳前後の男に殴られた。しばらくして制服の交番勤務員やパトカーがやってきて、野次馬も集まり人だかりになった。

パチンコ店から三軒目がワンルームマンションになっている。二階の一室の窓から、上半身裸で乗り出し、片方の肩に彫った入墨《いれずみ》を見せびらかして、わけの分からないことを怒鳴《どな》っている男がいた。

「お巡りさん、わてを殴ったんはあいつや。このマンションに逃げていきよったんや」と、入墨男に負けないくらいの大声で肥満女は怒鳴った。

制服が、入墨男の部屋を訪ねたところ、かなり酔っている。

「わしは、そんなもん知らん」と言いながら、手に持っていた木刀で殴りかかってくる。

部屋の前にいる被害者とパチンコ店員二人は、再度、声を揃《そろ》えてこの男に間違いないと言う。そこで、制服は入墨男を逮捕し本署へ連行したのであった。取調室で被疑者を取り調べたのは香芝だ。男は酔ってはいるものの頑強に否認した。

香芝と根尾は廊下に出た。

「どうしようか。パチンコ屋の店員は、どう言うてるの？」根尾が尋ねた。

「パチンコ屋の店員は、被疑者を嫌っています。店でいつも文句言う奴やからです。来て欲しくないから、嘘《うそ》をついているのかもしれません」香芝は言った。

「被害者と店員とが、口裏合わせてしもたんやろなぁ」

正規の捜査手続きなら、被疑者が罪を犯していないことが分かった時点で、直ちに釈放しなければならない。法律で定められたことで、個人の判断で決定できることではない。しかし根尾は、どうもすぐ釈放する気にならない。香芝も同感だ。

根尾が地域課係長に、誤認逮捕のおそれがあることを伝えると、「私らは、刑事の指示で逮捕したんですよ」と意外な答が返ってきた。

根尾は地域課係長の、無責任な言動に腹が立った。誤認逮捕という失敗の大きさも、地域課係長には解っていないようなので説明もした。

「そこで、係長」根尾は地域課係長に、声を落とした。「この件は、全部任しといてくれますか」

根尾は、被疑者を釈放しないでこのまま押しとおそうというのだ。クビになりかねないのに、刑事としての恰好をつけているだけではないかと香芝は思うが、香芝自身もそんな気持ちは確かに強い。

地域課係長は誤認逮捕という失態の大きさが解ったのか、「もちろんお願いします」と頭を下げた。

地域課員が出ていき、次に被害者、参考人が帰っていくと、大部屋はガランとなった。香芝は根尾に、この件に対する今後の方策を聞いた。

被疑者は元ヤクザであるが、現在の職業は西部《せいぶ》総合警備会社社員になっている。根尾は、この会社名をどこかで耳にした名だと気になっていた。が、被疑者を釈放しなければいけないなと、最初に考えたときに思い出した。

元大阪府警本部の捜査四課（暴力犯担当課）の警部の名前であった。皆から、セイさんと呼ばれて慕《した》われ、仕事もよくできる人だったが、五、六年前に諭旨免職になった。実質的なクビである。ヤクザと深い仲になり過ぎたという理由だった。

同情した捜査四課員は少なからずいたようで、退職して約一年後に警備会社をおこす際には、誰もが協力的だったらしい。営業許可も早く下り、社員もすぐに集まった。元警察官はもちろんのこと、現役でも退職してこの会社に入社する者もいたくらいだったと耳にしている。

元ヤクザは警備会社経営はできないし社員にもなれない。会社は刑期を終えてから五年経過しない前科者を雇用すれば営業停止になり、繰り返せば営業廃止になる。

もうすぐ午前三時になる。

根尾は寝つけないまま、午前七時前に大部屋に起きて行った。

「西部警備会社に電話してくれない」根尾は、抽斗《ひきだし》の中の歯ブラシを探しながら言った。

「西部警備、出ました」香芝はすぐに言った。

受話器を受け取った根尾は、すぐに本題に入った。

「社長の西部さんは、元四課の西部警部さんですよね。お元気にしておられますか？」根尾はそう言った後、電話を掛けたいきさつを説明し、「そんなわけで、西部さんから電話もらえますか。待ってますので」と言って電話を切った。

香芝は熱いコーヒーを根尾に入れた。三口ほど飲んだところで電話が鳴った。

根尾は、コーヒーを全部飲んでから受話器を持った。

「根尾です。お聞きになったように、昨日の晩、おたくの小野寺《おのでら》という社員が、おばちゃんを殴りまして。留置場にほうりこんでいます」

根尾はしばらく相手の言葉を聞いていたが、「小野寺のことを事件にしようか、どうしようか考えているんですが、私としましては、何といいましても、社長さんは我々の先輩ですから……。そのことで、朝一番に来てもらいたいんです」と言った。

キャリアとノンキャリアの間に在るのは階級ではなく、社会的な地位だ。しかし頭の中では、ノンキャリアの中での格差こそが警察の階級社会を象徴している。特に顕著なのが警部と警部補の差、この階級の間には太い二重線が入っている。この線を境に人間性まで違っている。

西部が退職者だとはいえ警部であったことから、警部補である根尾は不信感が拭《ぬぐ》いきれない。

「よろしく」愛想《あいそう》なく電話を切った。

被疑者の小野寺は、自分が犯人でないことを一番よく知っている。留置場の中で、腸《はらわた》の煮え返る思いでいることだろう。どう納得させるかが問題だ。

根尾にとって厄介なのは、もう直《す》ぐ出勤してくる長谷川刑事課長への報告だ。課長は今年、警視に昇任すると呼び声高く、失態のないように日頃から格段の配意をしている。

歩くスピードも速く、課長は出勤してきた。

根尾は誤認逮捕であること、被疑者は留置場に入れたままにしていることを包み隠さず話した。課長は黙ってしまった。

「課長、そろそろ西部が来ますので、言ったようにしますので。よろしいですか？」

午前八時四十分になっている。署長室へ朝会に行く時刻だ。

「西部が来て、廊下で待たしてます」香芝は、自席に戻った根尾に言った。

「もう来たの。すぐ入れてちょうだい。香芝君もそこに居て」と根尾は言った。

西部は中肉中背で目立たないサラリーマンのようで、暴力犯担当独特の派手さやガラの悪さはない。顔つきも上品な感じを受ける。

「こんな所ですけど」

丁重な態度を根尾はとった。さすがに女係長だと香芝は感心し少し嬉しくなった。

「西部さんの分も一緒に、モーニング注文して」根尾はいつもの自分に戻り、「遠慮なく座ってくださいい。ちょっと、ややこしいことなんですが」と言った。

「何を言われましても、私の方の小野寺が悪いのです。どういうことでも、お受けするつもりでいます」

根尾は、包み隠さず詳しく説明をした。

「係長さんのおっしゃりたいことは全部解ります。誤認逮捕してしまったことを表沙汰《おもてざた》にしないために、小野寺を釈放するかわりに、元ヤクザの前科者、入墨まで入れた者を社員にしていることは、黙認するというのですね。おおっぴらにされたら、私らのような小さな会社は潰れてしまいます」

「そのとおりです」

「西部さんはどう考えておられるのか、知りたいのです」根尾は駆け引きなく言った。

少しの間、沈黙していた西部の頰《ほお》が緩《ゆる》んだ。

「根尾さんの、望むとおりにします」西部も明確に答えた。

根尾が動揺する番になった。二人は向き合ったまま沈黙を続けた。

「差し出がましいことを言うようですが」西部が沈黙を破った。「上司の方は、根尾さんがなさろうとすることは、ご存じなのですか？」

「課長に伝えたのですが、何も言わないで朝会に行ってしまったんです。もうすぐ戻ってくると思いますが」根尾は課長席の方を見ながら言った。

「小野寺は私が何としても説得しますが、課長さんが何とおっしゃるかが問題ですね」

香芝は西部を見ながら頷いた。

「警察にいますと、階級がすべてといっても過言でないですから」西部は独りごとのように言う。

「直ぐ接見の用意をしますので、小野寺に会ってください」根尾は言った。

根尾は、西部が小野寺と接見した結果を聞いてから、課長に報告しようと思った。

ようやく戻ってきた課長はチラッと西部の方へ目を走らせたがすぐに逸《そ》らした。西部の表情に変わったところはない。

「久し振りに、刑事部屋にお邪魔してますと、懐《なつ》かしいですね。少しも変わっていませんね、何もかも」課長席から目を離さないで西部は言った。

根尾は西部と課長には面識があり、そのうえ尋常でない険悪なものを感じた。

西部は接見を終え、大部屋に戻ってきた。

「小野寺はどう言ってました？」根尾は西部が椅子に座るのを待ちかねて尋ねた。

「根尾さんのおっしゃるとおりのことを言ってましたが、私に任せるとも言ってくれました。こちらの意向を伝えたところ、『それで、ええです』とも言ってくれました」西部は恩に着せることなく淡々と言った。

西部の言葉は香芝の腹にも沁《し》みた。

西部は課長の方をじっと見ていたが、根尾に視線を戻し笑顔を作った。根尾も微笑んだ。

「小野寺を釈放しますので、それまで、ここで待ってもらえませんか」根尾が言った。

釈放するには、署長決裁が必要だ。署長決裁をもらいに行くのは課長だ。

「長谷川課長は、さきほど部屋を出ていかれましたよ」香芝は言った。

釈放手続きの決裁だけを残して、留置場の手続きも終えたが、課長はまだ戻ってこない。

「すいませんねぇ。課長が戻ればすぐに終わりますので。忙しいんでしょう？」根尾は言った。

「気を遣わないでください。小野寺は留置場の中で苛々《いらいら》しているでしょうが」

「失礼ですけど、課長と現役中に何かあったんですか？」根尾はたまらず口にした。

　何かあったとしても、西部は何も言わないだろうと思いながらも、つい口走ってしまった。

「よく聞いてくれました」西部は意外なことを言った。「いつ聞いてくださるのかと、待っていたのです」

　根尾はホッとすると同時に、面倒なことになりそうな予感が膨らみ、聞かなければよかったとも思った。

「私が辞めたのが五年前ですから、六年前の出来事です」

　西部の顳顬《こめかみ》に血管が浮いている。

「私が谷町《たにまち》警察署で、刑事当直をしていたときのことでした。谷町署は市内署のわりに事件の少ないところなのですが、地下鉄の駅が交差するところですので、通勤時間帯に痴漢が民間人に捕まって、時々連れられてくるんです。六年前のある朝、捕まってきたのが長谷川課長だったのです」

　目から鱗《うろこ》ではない。根尾は、落ちた鱗が目の中に戻ってきたようなショックを感じた。

「長谷川は、私より一年早い警部でして、本部の捜査一課の班長でした。それまで顔を見たことはありましたが、話したことはありませんでした。若い刑事が、長谷川の取り調べに当たったのですが、被害者の女子高生の思い違いだと言う長谷川に押されていました。本部からは、電話が入ったり、長谷川の上司が来たりして、結局、上司は私に『刑事は、お互いに助け合わんとなぁ。金目的なんやから、あの不良に十万円やるから、被害届を出さんいうことで話をつけてくれ』と言うのです。

　確かにまともな女子高生に見えませんでしたが、二人の民間人逮捕者は被害者の女子高生と何の関係もない人たちですし、供述からは長谷川が痴漢をしたことは間違いありませんでした。『被害届を出さないようにするから、女の子に一言でええから謝ってやれ』と私は長谷川に言いました。長谷川は『絶対に謝らん。謝ったら、痴漢を認めたことになる』と拒否したのです。結局、一課は長谷川を連れて本部へ引き上げました。示談の金額は聞いていません。それが……」

西部は一旦《いったん》言葉を切り、大きく深呼吸をした。

「一ヵ月ほど過ぎたとき、被害者の母親から私に、『娘が自殺しました』と電話が入ったのです。私はとても複雑な気持ちになりました。女の子が痴漢にあったのは、不登校になって三週間ぶりに学校に行った日だったらしいのです。母親が言うには、クラスメートからダサいと言われたことが学校に行かなくなった原因でしたので、化粧して、スカートも短くして学校へ行ったそうなんです。そのせいで警察で不良扱いされたことが余程ショックだったようで、再び学校に行かなくなって、引きこもりが始まったらしいです。病院にも掛かっていたのですが、住んでいるマンションの屋上から飛び降りたのです」

腹立ちなど通りこし、現実のこととは思えなかった。

「母子家庭でして、母親は、『娘は、私に彼氏が出来たこともあって、ますます動揺したのです。自殺したのは私と警察のせいです』と言ってきかなかったのです。問題はこれからでして……。娘の後を追うように、母親も電話をしてきた翌日に首を吊《つ》ってしまったのですよ」

西部の話は続いた。

「母娘《おやこ》を死に追いやった理由は、長谷川の痴漢行為の他《ほか》にあったのかもしれませんが、少なくとも自殺のきっかけは長谷川の虚偽の供述です。私は我慢できず、長谷川に、母娘が二人とも自殺したことを知らせました。すると長谷川は、開き直ったようにこう言ったんですよ、『あんたは、ヤクザと取り引きしてるらしいやないか。表沙汰にしたる』と。私は確かにヤクザに拳銃《けんじゅう》をコインロッカーに入れさせて、拳銃の押収数を増やしていました。小野寺は拳銃をコインロッカーに入れた一人でした。それを、長谷川はどこからか耳にしたのでしょう。私は証拠を突きつけられるまえに辞表を出したのです」

課長の痴漢行為と、西部のヤクザとの取引は、組織的には大差がない。

「どうして自分が辞めさせられて、長谷川がクビにならないのか、解らなかったのですが、会社を経営するようになって解りました。大阪にいる十人ぐらいのキャリア組は、毎年何人か警察庁に戻ります。そのとき、餞別《せんべつ》を府下の全警察署長がするのですよ。毎年のことですので、署の規模によって額は決まっています。その金の出所に、パチンコ屋などの公安委員会の許可を必要とする風俗営業者からの献金も含まれているんです。以前、このことが発覚して中止されていたのですが、復活していたのですね。キャリアの連中も、大阪は金額が多いし安心だと、大阪への転勤を心待ちにしているのが実状です。

その情報をネタに長谷川は、開き直ったのです。再び表沙汰になったら、キャリアもクビが飛ぶし、大阪だけの問題ではすまないでしょう。黒川署に今朝来て、あいつがいたので驚きました。あいつのことはいつも頭にありましたから、忘れたことはありません。当時の憤りが噴《ふ》き出《だ》してきたのです」

その後西部は、それに……、と言って言葉を飲み込んだ。

「言い辛《づら》いことを言わせて、申《もう》し訳《わけ》ありません。張本人は、ああして社会的にも立派な人間としてとおっています。痴漢は性癖ですから止められず、握った組織の秘密を担保にして、今でもおそらくやっていますよ」と根尾は言い、激高の余り顔面が熱くなった。

長谷川課長は茶を飲んでいる。根尾は課長席に向かった。

「小野寺を、釈放するから、よろしいな」課長の顔を見据えて、ぶっきらぼうに言った。

「署長の決裁がまだやから、もうちょっと待ってくれ」課長は普段の口調を崩さない。

「いつまで待たすつもりなの。今まで、どこへ行ってたの。満員電車にでも乗っていたの」

「何を言うとるんや。何も知らんと、あほなこと言うな」課長も負けてはいない。「誤認逮捕しといて、何をえらそうに言うとるんや！」

課長は耳をそばだてている刑事たちが、ひるむほどの大声を上げた。

根尾は課長の耳元に口を持っていき、「痴漢のこと、綾部署長に言うたろか？」と言った。

耳から口を離すと、課長は決裁書類を手にして大部屋を出ていった。根尾は静寂のなか、自席に戻った。

「弱みをつくのが、あいつは得意なんですよ」西部は待ちかねたように、早口で言った。「根尾さんが長谷川に対して、敵意をむき出しにされているのを見て安心しました。いざとなったら上司に合わせる者がほとんどなのに……」

西部はそう言った後、目の玉を動かして体を小刻みに動かし始めた。

「どうされたんですか」傍にいる香芝は尋ねないではいられなかった。

「小野寺は、長谷川課長とはまだ顔を合わせていないですね」西部は声を詰まらせた。

「まだ会ってません。小野寺は留置場に深夜に入ったままですから」香芝は応えた。

「課長のいないうちに言ってしまいます。聞いてください」と西部は、話し始めた。「長谷川の痴漢がもとで自殺した母娘は、小野寺の元妻と子供なのです。私は黒川署に来て、長谷川の顔を見てえらいことになったと思ったのです。当時、どこから聞きつけたのか知りませんが、小野寺も谷町署にやってきたのです。示談の段階になって二人は会っており、殴り合いの大喧嘩《げんか》になりました。小野寺は、『おまえら刑事同士、庇《かば》い合い、しやがって』と言って暴《あば》れ出しましてね。

もし小野寺が長谷川を覚えているのなら、今回、誤認逮捕されたことを許さないと思うのです。もちろん、私は面会で長谷川がいることは言っていませんん。顔を合わせないようにしなければなりません」

西部は、言葉を一旦切った。

「電話を頂いたとき嫌な予感がしましたが、こんなに偶然が重なるとは思いませんでした」

その後、世の中何が起こるか分からない、と西部は独りごちた。

「嫌な予感はこっちも一緒です。いっそのこと、二人を会わせてやりましょうか。どうなるか面白いですよ。殴り合いが見られるかも」根尾は西部に悪いと思いながら、冗談めかして言った。

「根尾さんに一番迷惑が掛かりますので、会わせない方がいいでしょう」西部は眉《まゆ》をひそめて言った。

「別れたとはいえ、妻子を亡くした小野寺は可哀想《かわいそう》でした。たぶん、シャブをやってますので、長谷川の顔は忘れていると思いますが」

課長が大部屋に戻ってきた。

根尾は課長席に行き、「釈放していいんですね？」と尋ねた。

「そうしてくれ」課長は言った。

「被疑者小野寺の勤務している警備会社の、西部社長がそこにいるんですが。見えてますよね、会われますか？」根尾は課長の様子を見るために、敢《あ》えて西部の名前を出して尋ねた。

「話す必要もない」課長は西部を一瞥《いちべつ》もせずに言い放った。「署長に、すぐ来い、言われてるから釈放しといてくれ。あんた、冷や汗もんやったなぁ」

軽く鼻であしらうような口調に、逆に根尾の方が爆発しそうになった。

「冷や汗かいただけで、私の誤認逮捕は処分なしですか？」

「なしや。警察に誤認逮捕とかいう言葉はないんや」と言って課長は大部屋を出ていこうとした。

「それやったら、冤罪《えんざい》事件いう言葉もないんですね」根尾は顔色を変えて言った。

「無罪になった奴らはみんな真犯人や。陰《かげ》で、助かった、言うて舌出しとる。おれは腹が立ってしょうがない」

この男、自分のことを棚に上げ何ということを言うのか、と根尾は爆発しそうになった。が、そんな場合ではないと思い直し話を変えた。

「小野寺がぜひ会いたい言うてますけど、会いますか？」と根尾は嘘を言った。

「会うで」課長は即答した。

「すぐ釈放しますんで、小野寺と会ってから署長室へ行ってもいいでしょう。一刻も早く釈放したいんで」

「分かった」課長は、自分の大きな椅子に座り直した。

勾留《こうりゅう》前の四十八時間以内は、警察の持ち時間なので署長が釈放を指揮する。四十八時間を過ぎると勾留後となるので、検事にその権限があり検察庁から釈放指揮書が留置場へファックスされてくる。

「小野寺の釈放指揮が出ましたんで、今からうちの者が行きますんで釈放してください」

自席に戻った根尾は留置場に電話をし、香芝が迎えに行った。五分もすれば戻る。

「腹の虫が収まりませんので、小野寺を課長に会わせますよ」根尾は西部に言った。

「私も一緒に会いましょう。小野寺が覚えているかどうかです。昨夜の誤認逮捕のことは口にするなと言いましたので、喋らないと思います。それにしましても、長谷川の態度は大きいですね」西部は顔を青くし唇《くちびる》をわずかに震わせて言った。

大部屋の開けっ放しになった扉から、香芝と小野寺が入ってきた。

たった一晩泊まっただけの留置場に、昨夜の元気さが吸い取られたようだ。自宅にいたままの服装が皺《しわ》になり、白髪多く肩を落とした姿は、五十歳というのに六十歳を越しているように見える。日に焼けた顔なのに、薬物中毒者に特徴の黒ずんだ艶《つや》のない肌の色をしている。

小野寺は、「迷惑を掛けました」と言って西部には頭を下げたが、根尾には横目でチラッと見ただけで頭を下げなかった。

「そこへ座って」準備してあったパイプ椅子に根尾は小野寺を座らせた。「昨夜のことは、私の間違いやった。謝って済むことやないけど、堪忍してくれとしか言えないんで。どこにでも訴えてくれていいよ」

正直に言えたことから根尾は肩の荷を下ろした。

「遠慮しなくていいから」

「社長に言われてるんで、そのことはもうええんですわ」小野寺の目は澱《よど》んでいる。

「ただ」と言って、小野寺は根尾を見据え、「あそこに座ってるんは、長谷川いう刑事と違いますか？」と聞いてきた。

「違う」西部が小野寺の腕を軽く押さえて言った。「おまえの思てる長谷川やない。ここの課長さんや」

小野寺は舌を鳴らし唇を咬《か》んだ。

「嫁と娘のことは、一日も忘れたことはありません。むろん、長谷川の顔もこの目に焼き付けていますす」

長谷川課長は、こちらに背中を向けて新聞を読んでいる。七、八メートルほど離れているが、騒がしくなり始めた大部屋の中で、こちらに神経を尖らせているはずだ。

「釈放になるときは、課長に挨拶することになってるんやけど、どうする？」根尾は小野寺に聞いた。

「会わんときますわ。ロクなことにならん気がしますんで」小野寺は薄ら笑いを浮かべた。

「西部さんはどうされますか」根尾は言った。

「小野寺が会わん言うてますので、私に会う理由はありません」

このままの状態を保《たも》って、西部と小野寺を帰せば問題は起こらない。根尾は自分でまいた種だが、問題はやはり起こらない方が良いと思った。

　署の玄関まで二人を送り、根尾と香芝は迷惑を掛けたことを再び詫《わ》びた。西部は、こちらこそ迷惑をお掛けしました、と言って深く頭を下げた。が小野寺は西部につられて仕方なく頭を下げたようで、視線はあらぬ方向を見ていた。


　綾部は、当直責任者の生安（生活安全）課長から本件の当直報告を受けていた。

　事案の詳細は後日、根尾から聞いたことで、当直責任者からは極めて簡単な報告で終わっていた。午後近くになって、刑事課長が小野寺の釈放指揮の決裁を受けに来るまで、小野寺が留置場に入っているとは夢にも思わなかった。逮捕したことは一番に報告するのが当たり前のことだ。

　刑事当直班長が根尾であり香芝が班員にいただけに、いい加減な処理はしていないはずだ。よけいに腹立ちを覚えた。何を隠しているのか。バカにされている。

　綾部は生安課長を署長室へ呼びつけた。

「当直報告をやり直しなさい！」といきなり言った。「小野寺の釈放指揮を刑事課長が受けに来たんだけど、どういうことなの。小野寺を逮捕したなどと一言も聞いていないよ！」

　生安課長は予想していたことらしく、顔を真っ赤にしてこう言った。

「署長さんにご迷惑をお掛けすると思いまして……、誤認逮捕ですから、あれだけのことしか言えなかったんです」

「嘘を言ってはいけない！　署長の私には迷惑にならない。自己保身のために言わなかったんだろう。こんなことを今まで何度もやってきたの？」

「本当に署長さんに迷惑掛けると思ったんです。すいませんでした」

　お調子者の生安課長だと綾部は思っている。こんな調子で今までやってきたのだろう。薄ら寒くなってくる。

「当直報告をやり直しなさい。でないと、田舎《いなか》の署の地域課長に飛ばすよ」

生安課長はノートを開け、ますます赤面して当直報告をやり直し始めた。

「もういい」と刑事当直の報告が終わったとき、綾部は言った。

「すいませんでした」生安課長はボソッと言って、頭を下げた。

「反省しているの？」

「反省しています」

「反省することではないよ。じゃあ聞くけど、今朝のような報告を今までしたことあるの？」綾部は目を光らせた。

「正直に言って、あります」

「そのときの署長はどうしたの？」

「何も言われたことはありませんでした」

「バレたことがないということ？」

「バレていると思いますが、署長は知っていても何も言わなかったんだろうと思っています」

「後に問題になればどうするの？」

「相手がヤクザですから、後日問題になることはありません」

「あなた、小野寺の顔すら見てないんでしょう？小野寺は元ヤクザだし、現在は一匹狼《いっぴきおおかみ》だよ。何を仕出かすか分からないじゃないの」

「見ていません、すいません」

「もういいよ。刑事当直班長から詳しく聞くから。所詮、ノンキャリアのすることは、いいかげんだね」

「お言葉を返すようですが、キャリアは私らに指示命令するだけじゃないですか。困ってばかりで有り難く思ったことなど一度もないですよ」

「ノンキャリアが、のうのうといられるのはキャリアのおかげなんだよ。そんなことも解らないで、反発ばかりしているのがノンキャリアだ」

生安課長は、お許しくださいと言って深々と頭を下げ、署長室から出ていった。

キャリアとノンキャリアの確執は着任して以来感じてきたことだが、当直報告までそうだったとは思いもしなかった。綾部は本件に限らず当直報告そのものに嫌なものを感じた。

根尾を署長室に呼んだ。

「あなたは係長だから朝会には来れないけど、朝会で当直責任者が報告することにウソはないと思う？」

「朝会に来れない者には、分かりませんよ」

「言い方が悪かったのなら謝るわ。感触としてどう思う？」

根尾は不可解な顔でじっとこちらを見ている。

「何とか言いなさい。黙っていては解らないよ」

「上から目線で言われると、沈黙を守ろうとするだけですよ」

「私が、上から目線？」

「天皇でも人間宣言したんですから、キャリアも人間宣言したらどうですか？」

「バカなことを言わないで。……それで朝会はどうなの？」

綾部はまさか天皇という言葉まで出るとは思わなかった。

「ウソのときもホンマのときもあるでしょうが、ハッキリ言って、朝会は署長さんへの機嫌取り、ゴマスリの場ではないんですか？」

綾部は根尾の言葉が、警部補以下の者の総合した言葉とは思えず、根尾個人のものだと思った。

「ただ先日の小野寺の長谷川刑事課長に対する恨みは、計り知れないものがあります。小野寺がこのまま済ますとは思えません」と根尾は最後に言った。

十二月も下旬になり、めっきり寒くなった。近年、秋と春が短く冬と夏が長くなった。冬は極端に寒く、夏は極端に暑い。が、ほとんど一日中《いちにちじゅう》署長室にいる綾部にはそんな季節感はない。常に快適な気候の中にいると言える。

　今年は署内発生の証拠品現金八千五百万の多額盗難と、小野寺に対する誤認逮捕の発生が二大事件と言える。今のところ二つに絡む異変はない。綾部は何とか無事に今年も終わりそうだと胸を撫《な》で下《お》ろした。

二

……目の錯覚だろう。宝くじの方の番号を二回見たんだろう。頭を前後左右から相撲《すもう》の張り手のように叩《たた》いてみた。ウソだろ？　ウソだろ？　人間、こんな錯覚もするんだよ……。

　何度も張り手で頭のあっちこっち、頬《ほ》っぺたまでも強弱つけて叩きつけ確認してみたが、年末ヤング宝くじ、一等前後賞合わせて三億円の当たり番号と同じだった。組番号も何度も確認したが間違いない。遂《つい》には頬が内出血するほど指先でつねった。やっぱり、当たっていた。少しも痛くなかった。

　綾部の年始はいつもと違っていた。


　明日はもう一月四日、仕事始めだ。年頭の〝朝礼〟は全署員出席させて、表の駐車場でやると副署長が言っていた。何を話してやろう。朝礼前にやる課長以上の〝朝会〟では何を一席ぶってやろう。〝朝礼〟とか〝朝会〟とか、無駄なことが今年も明日からスタートする。どうせ聞いてる者なんかロクにいないのだから、そこそこ恰好のつくことを言っておけばいい。真剣に考えることもない。

　綾部は毎年、仕事始めの前日、明日から出勤が始まると思うと気分が滅入《めい》った。しかし、今年はちょっと、否、完全にそうではない。ここの署長で来て春になれば丸二年。大阪は生まれ育ったところだが、どうも好きなところではない。かといってそれほど嫌いなところでもない。故郷に愛着を感じる人間は多く、歳をとればその傾向が強くなるようだが、綾部は四十歳になっても故郷に愛着を感じる気になれない。

　女性の地位向上を叫ぶ政府。意を受けた警察庁は、ここ黒川警察署長に女性キャリア、綾部を座らせた。

「ノンキャリアが幅を利かすようになってきました。若いので大変だと思いますが、警察組織のため、ひいては君の将来のためですから、しっかり頑張ってきてください」と上司の公安課長が言った。

　左遷以外の何ものでもない。若くもなく、女性っぽく思われているはずもない。女性の地位向上など大義名分にすぎない。そもそも政府は女性の地位向上など考えてもいない、と綾部は思っている。

「大阪府警最初、いや全国初のキャリアの女性署長ということで、私どもとしましても幸福なことです」と着任挨拶の折に、定年前の副署長に言われた。何が幸福なのか。

　今春、警察庁に戻す、と公安課長は言っているが、彼はこの春ご栄転だから、人のことなどかまっていられないはずだ。

　それでも綾部はキャリアの期待に沿って、ノンキャリアのエリートたちの尻尾《しっぽ》を摑み、何人も左遷させ免職にもした。が、そんなことはもうどちらでもいい、という心境になっている。思えば思うほど際限なく笑みが込み上げてくる。

綾部は年末年始の休暇に入る前の日曜日、黒川署管内を季節外れの大きなサングラスを掛けてブラブラ歩いた。「色眼鏡のベッピンさん、なんかこうた買《う》って」シャッターの半数が閉まった商店街だが、もうすぐクリスマス、威勢のいい声があっちこっちから掛かってくる。「またね」とか何とか言ってやり過ごした。制服の地域課員二人とすれ違ったが、気がつかないのか見向きもしない。署員四百三十六人いるが、皆ぬるま湯に浸かっている。自分も充分その傾向になってきた。

もう帰ろうと思ってちょっと急ぎ足になった。前方を見ると、いつも見かける小さな宝くじ売り場がある。金をドブへ捨てるようなものだと思うので宝くじなど買ったことないが、当たれば人生変わるだろう、とは思う。が反面、当たった人をテレビでも見たことがなく、人から聞いたこともないので当たった人などいないのではないかと思っている。国家ぐるみの詐欺かもしれない。

売り場の前を通り過ぎるとき、いつもいるおばさんがペコリと頭を下げニッコリ笑った。綾部はおばさんの方を見て軽く顎《あご》を上げ、笑みを作った。座布団を三枚も敷いて、どっしり尻を落としている。安定した姿にどこか魅《ひ》かれた。出来心と言おうか退屈な毎日を紛《まぎ》らわそうとしたのか、年末年始の休暇が嬉しかったのか、ふと買ってみようという思いにかられた。

「一枚いくら?」綾部はおばさんに近づいて言った。

「三百円やがな。ベッピンさん、買うたことないんかいな」

「ないねん。いろいろ買い方あるらしいけど、当たるやつ十枚ほどちょうだい」

「任しとき。連番でいこか」

ボールペンを挟んだ汚れたノートを手に持ったお

ばさんはそう言い、続き番号を十枚くれた。

「ありがとう」と言って綾部は三千円渡し、宝くじをトートバッグにしまった。「そのノート、なんで持ってるの？」

「私《わて》の日記帳みたいなもんや」おばさんはそう言って、何がおかしいのかゲラゲラ笑った。

一瞬だが当たるような気がし幸せな気分に包まれた。この気分の良さから、誰もが当たりもしないと解っていても買うんだなと思った。

買ったのも忘れ、年が明けた。

署長公舎に一人住まいの綾部だ。元日の朝、会計係が用意してくれたおせち料理を開けた。かなり豪華だ。去年もそうだったと思い出しながら箸《はし》を持った。一人で居るのはやはり寂《さび》しいので、いつも無意識にテレビを点《つ》けている。ニュースの合間に年末ジャンボ宝くじの当選番号が決まったと言っているのが耳に入った。買ったことをボンヤリ思い出した。

綾部は箸を置き、トートバッグから宝くじを探し出しテーブルに戻った。そして特別分厚い元日の新聞を何枚も捲《めく》った。当たっているわけがないと思いながらも、少し胸が高鳴った。宝くじ十枚をテーブル上に並べ、新聞に載っている当選番号と見比べたのだった。

仕事始め。一週間ぶりの出勤、朝会だというのに、新年早々しょぼくれた課長と補佐連中の顔が見事に並んでいる。ここの署は特にこのクラスが冴《さ》えないのだろうか。どこの署もこんなもんか。まして、異性として魅力のある男などいないのは推して知るべし。個性がないというか、ユーモアがないのはもちろんのこと、イケメンの欠片すら残っている者はいない。人生の意味を考えるというふうな哲学的な人間もいない。というよりも、生きていることに矛盾を感じているのだろうか？

課長は六人いるが、最初の一年で三人処分した。綾部が本庁の上司から強く言われたことは、規律違反よりも命令違反を見逃すな、ということだった。キャリアをバカにしたような横柄な目で見る三人の課長は、本庁上司の忠告どおり、命令違反をヌケヌケとしていた。綾部自身が小バカにされた気になり腹が立った。有無を言わさず免職処分にし左遷した。現在いる六人は常に謙虚そうに見せかけている。それぞれの課長補佐は課長を見習っているのか、ことのほか大人しい。定年前だった副署長は予定どおり目出度《めでた》く昨春退職した。

面従腹背に徹している彼らは、ある意味凄《すご》い。生きていくための自己防衛の本能、つまり保身に関しては徹底している。それはキャリア以上かもしれない。踏みつけられて生きてきたノンキャリアの雑草性を感じる。

綾部は根尾と香芝の二人の刑事を摑んだことは大きかったと思っている。着任早々根尾を署長室に呼んで話した。

「根尾係長は、どうして結婚しないの？」

「綾部署長さんと同じ理由じゃないですか」

「私は好きな人が現れないからだよ」

「それですよ、私も」

「親のすすめとかもあるでしょう？」

「嫌な刑事の仕事が、案外、辞められないのかもしれませんねぇ」

「独り住まい？」

「両親と同居です。私らには公舎なんてありませんから」

互いにつっけんどんに言ったまま不愉快のなか別れたが、それが今になって親近感が湧《わ》いている源泉かもしれないと思う。

香芝は二十七歳、根尾の部下だ。なかなか好感の持てる若者で互いに気に入っているようだが、女が十一歳年上となれば恋愛関係に発展はしないだろう。

身上調査書を繰ってみても目立ったところはなかったが、敢えて言うなら、根尾の学歴に大学中退とだけ記されてあったのが気になる程度で、二人の勤務実績は平均的で目立った手柄もない。

だが綾部の眼《め》には、刑事課へ行くたびに二人の動きはどこか光って見える。二人を観察するために刑事課へ足を運ぶといっても過言でない。自分に害を与える者のようにも思えるのだ。他の刑事たちが二人の光った動きに気づいていないようなのがよけいに気に掛かる。それに何よりも、こちらを見る目付きが違うような気がする。

綾部は今まで自分のことを金に執着しないタイプだとは思っていたが、宝くじが当たってからは金に限らず、世の中の見方が百八十度変わったようだ。大袈裟《おおげさ》ではなく、おおらかな心の持ち主になったというか、マクロ的に見るようになったというか、怖いものなどない気になった。

ハッキリ言えば、自分は特別な人間なのだという思いに至った。キャリアという超エリートの一人でありながら、その上に宝くじ三億円が当たったのだ。一等が当たる確率は何百万人に一人らしい。ましてキャリアが当たったとは、天文学的確率だ。神様に近い人間、こんな強運な人間は自分一人しか絶対にいない。〝神〟そのものかもしれないと幻想にかられることもある。不可能はないという気持ちが急速に膨らみ、揺らぐことが無くなりつつある。

昨年発生した八千五百万盗難事件や誤認逮捕なども、言ってみれば取るに足りない瑣末なことになってきた。

三億あれば警察官僚としての野望、警察庁長官になることだって実現できる。使い甲斐《がい》のある金額、有意義に使いたい。貯《た》めるのが趣味という人間は金持ちに多いが、金は使わなくては紙切れだ。神は有意義に金を使うのだ。綾部は三億の使い道に思いを巡らせ、その先に在る我が姿を想像する。それはまさに陶酔の時間であった。

四

綾部が署長室に入り、席に着いて二、三分した頃、ノックした会計係の堤京子《きょうこ》が「おはようございます」と言って茶を盆に載せて入ってくる。再度「おはようございます」と言って、湯呑《ゆのみ》を綾部の机上に置く。机上が濡《ぬ》れたことはない。茶が熱過ぎれば湯呑の底に接する机上の部分に水滴が出来るがそれもない。綾部は出してくれた茶をすぐに口に出来る。本庁では茶を出してもらうなど有り得ないことだったが、今では慣れてしまった。二年足らず一度たりとも堤のかわりをした者はいない。

「堤さん、今年もよろしく」綾部はパソコンのメールを見ながら言う。

いやというほどのメールが入っている。ほとんど必要のないものなので消していくが、ときたま大事なものが入っているので迂闊に見ていると消してしまい、後でエライ目にあう。それでも神経を集中させてドンドン消していくと、体内の不純物が排出されていくようで、ある種の快感がある。

「こちらこそよろしくお願いします。……早いもので、黒川署でお世話になって五年になります。私も今年で五十三になりますよ」堤はそんなことを感慨深そうに言って、フッ、フッ、フッと小さく笑った。「サンドイッチ、作ってきましたので、十時のお八つにでも食べてください」

「ありがとう。新年早々」綾部は顔を上げた。「五十三になるの？　私より十、上だったわね。それにしてもお若い」

「十じゃなく十三上ですよ。署長さんこそ、お若い。署員の皆さんはいつも何かと噂《うわさ》してますよ」

堤は意味ありげに言うが、意味などなくお世辞だ。

綾部の気の許せる相手は、堤だけかもしれない。何度か堤を試したが、信用できると一応踏んでいる。噂している、と堤が言ったので綾部は気になることを早速尋ねた。

「最近、何か噂になってないかしら？」

　まさかとは思うが、宝くじが気になる。バレるはずはないが、バレれば、どう転ぶか分からない。絶対にバレてはいけない。秘密が保たれている限り、野望の階段を上がっていくことは出来る。秘密のベールが剝《は》がれれば、においを嗅《か》ぎつけたハイエナに食い尽くされる。

　換金すべきかどうか思案したが、結局、前後賞合わせたった三枚の宝くじ券で持っておく方が何かと便利だと改めて気づいた。早く現金にしたいのは山々だが、そんな大金、置いておく場所がないので、結局銀行に預けることになる。

　預ければ無くす心配はないのだが、換金手続きに際して綾部早苗《さなえ》という人物が宝くじに当たったことが世間にバレてしまうのではないか。少なくとも、当該銀行にはバレてしまう。当たりくじ三枚、貸金庫に預けるのがベストかもしれないが、今しばらく肌身離さず持っていよう。否、持っていたい。

　プライバシーの侵害とか犯罪の防止だとか言って銀行は保秘するが、そこは建前であって本音は権力機関から聞かれれば、例えば国家機関から聞かれれば令状の有無にかかわらず、一も二もなく真実を返答する。両者は持ちつ持たれつの関係だからだ。その国家機関の最たるものが警察庁だ。綾部は、そんな組織の中枢に長年在籍していたので、そこら辺りのことは百も承知している。

　換金手続きは写真のある身分証明書を持参して、宝くじを扱っている銀行に行けばいい。一週間ほどで現金になる。その一週間が怖いのだ。その間に本庁のキャリアたちに知れ渡る。キャリアは昇進するためには金が必要だ。金を多く持っている方が早く出世することは常識だ。キャリアにとって、口が堅いことと同じくらい金は大事なものなのだ。

　換金はいつでも出来る。胸がときめく瞬間であることも解るが、焦ってはいけないと綾部は自戒した。現金を見た瞬間は、まさに感動の嵐《あらし》だろう。〝急《せ》いては事をし損じる〟綾部は何度も自分に言い聞かせた。そのうち、この諺《ことわざ》が好きになった。

「いつも噂になっていますよ」堤は何気なく応えた。

「例えば？」綾部はパソコンに目を戻した。

誰かに消すのを頼もうかと思うほど、不必要なメールが入っている。

「やっぱり第一番は、二年近く経《た》っても結婚しておられるかどうかですね。京大先輩の弁護士が夫だと誰か言ってました。そんなことないですよね？」堤自身が興味ありそうに尋ねる。

「男気のないことは、あなたがよく解っているでしょう？」

「それは解りますけど、……いいえ、解りませんけど」

それだけ？と綾部は言おうとしたが言わなかった。過剰に噂を気にしていると思われたくない。

「サンドイッチ、いつもありがとう。料理が出来ないので、とてもありがたいわ。昼食は、ご飯少なめのカレーライスがいい」噂のことはこの辺で切り上げたいので、話題を変えた。

「分かりました」と堤は笑顔で応え、去年と同じ後ろ姿で出ていった。

五年前、警察官だった堤の夫は事故死した。大阪府警独自で本件を処理したようだ。堤は夫の死後二ヵ月ほどして黒川署の総務課会計係に新規採用された。本庁へ確認すると、夫は病死になっているという。警察職員の事故死は、事故理由によっては大きな社会問題になりかねないので警察庁への速報事項になっている。詳しい事情を堤に問うと、機動隊レンジャー部隊の指導員だった夫は、指導中、綱から落下して亡くなったらしい。それなら病死にする必要はない。疑問に感じたが、そんなことは終わったこと、今更むし返すことは御法度《ごはっと》だ。

夫を亡くした堤だが、ここまで性格の明るい人間は少ないだろう。採用になって約一年後、当時の黒川署長の紹介で現在府警本部で警務部長の運転手をしている職員と再婚した。

「私の友達なんか、五人目のダンナだと言うのもいますよ」と堤は笑いもしないで言う。

堤は小柄ながらスタイルがよく、利発な少女のようだ。こういう女性が、男に好かれるタイプというのだろうか。二十五歳になる娘が一人いて、姉と間違われると自分で言って喜んでいる。再婚相手の方は三歳年下で一度も結婚したことがない。真面目だけが取り柄の人間で、これといった趣味もなく魅力の少ない男だと堤自身が言う。

「結婚しないと、紹介してもらった署長さんに悪いでしょう」と堤は遠慮なく言うのだ。

堤は知り得たことは喋りたい性格でもあり、その腹づもりで綾部は話している。間違っても、宝くじ三億当たったことなど口に出来ない。

根尾、香芝のことについても堤にそれとなく尋ね、二人の人物像を綾部なりに創《つく》り上げていた。

「根尾係長は署員で一番頭がいいということですけど、女で若いくせにパチンコ依存症らしいですよ」

堤は根尾の話が出れば、秘密を漏らすように口に手を当てて小声で言い、クスクスと最後には笑う。笑う姿は可愛《かわい》いが、何がおかしいのか解らない。

綾部は堤が誰かと間違っていると思った。がそうではなかった。根尾がパチンコ依存症かもしれない、つまりギャンブル依存症ということ自体、笑いごとで済まされないものだと綾部は日頃から感じていた。その一人が根尾とは信じられない。ギャンブル依存症独特の荒《すさ》んだ感じなど彼女からは感じられないのだ。

「ここだけの話だけど、あの係長、私と似ていない?」綾部は驚きを隠して尋ねた。

「そう言えば、似てますね」堤は躊躇《ちゅうちょ》なく言った後、また、口に手を当てた。

根尾のパチンコ依存症の話とはこうだった。

ギャンブル依存症いうんがあるらしいけど、私はそれかな。依存症にはアルコールとギャンブルの二つしかないて誰か言うてたけどホンマやろか。覚醒剤《シャブ》中なんかは依存症やないんかな。金、依存症の人間は仰山いてるなぁ。

根尾はボソボソとそんな独りごとを言うのが癖《くせ》らしい。

根尾は昼食を早めに済ませ、いつも決まったパチンコ屋にいる。店員が「おはようございまーす。頑張ってくださいよー」と言って、後ろを通り過ぎていくというから相当なものだ。

依存症いうんは怖いらしいなぁ。自分で言うのもヘンやけど、確かに怖いわ。若いときにたまたま読んだ本の中に、……一人の男が博打《ばくち》で負けた帰り道、川に向かって立小便していたら、さっきまでもうこれで止めとこ、もう博打は一生しない、女房子供まで逃げていきよる、と思てた固い決心が小便と一緒に川へ流れていく。そこで、明日こそ勝たんとアカン、きっと勝てると思い始めるようや。家に着いた頃には、すっかり立ち直って食欲も出てきて、今日の負けが明日の闘志に変わってる。よし、明日こそ。そんな日が続く中で遂に、立小便しているときの虚《むな》しさがたまらない快感に変わってくる言うんや。そうなると、絶対に止められへん。……と書いてあった。私はそこまでいってないつもりやし立小便もせんけど、近い線は何回も繰り返したように思うんや。——ともボソボソ言ったとか。

根尾はパチンコをしているときが最高に幸せで、もし、こうして一生過ごせられればどれほど幸せだろうと時々言葉に出すとか。しかし本気で止めなければ、父母と離散するような気にもなるらしい。

ある日曜日のこと——。

根尾は、家の近くのパチンコ屋へ行き朝十時の開店に並んだ。帰宅したのは午後四時を回っていた。前日の負けを取り戻そうと張り切って出かけたが、返り討ちにあってしまった。二万五千円と百円玉四個がなくなり、財布はスッカラカン。明日出勤したら、給料天引貯金を下ろさねばと思いながら帰路についた。

「ええかげんで止めとかな、ご飯も食べられへんようになってしまうわ……。ちょっとゴメンやけど葱《ねぎ》、買ってきてくれへんか。すき焼きするんやけど葱、忘れてん」母は帰宅したばかりの根尾の顔を見て、愚痴《ぐち》っぽく言った。

背中を向けて財布を開けている。四つ折りにした一万円札をしっかり指先に摑んで、

「細かいのないわ。これで……」と言って渡された。

根尾は小さくなった一万円札を手に持って、懐かしいものを見るように眺《なが》めた。

疲れている、とも言えず再び自転車にまたがった。

五分もすればスーパーの横にある昔からの八百屋に着く。スーパーの隣が憎きパチンコ屋だ。自転車が走り出した途端、ポケットの中の一万円札が気になって仕方ない。

どんどん八百屋に近づく。どんどんパチンコ屋にも近づく。葱は二百円もあれば充分だ。二百円を残せばいい。それまでにはきっと勝てる。神さんが私を見離すわけがない。私は悪いことなんかしたことないんやからなぁ……。

八百屋の前を通り過ぎ、パチンコ屋前に自転車を止めていた。店内に入ると一直線に今朝から打っていたパチンコ台を目指した。しかし、その台では見知らぬ男が打っていて、ドル箱を五箱も積み重ねていた。

私のアウト玉を元にして出してる。やっぱり私の目に狂いはなかった。あの台はやっぱり出る台やったんや。根尾は舌打ちし「今度こそ！」とポケット

に手を突っ込み、一万円札を指先に挟んで必勝を誓った。幸運が舞い込んできた気になった。

しかし……、ポケットには百円玉二つだけになってしまった。指先に触れる二つの百円玉は葱代に置いておいたものだ。しかし、この二百円ならきっと取り戻せるとまだ思った。神さんが見離しはしない……。二百円をパチンコ玉に換えた。が、最後の一発まで惜しげもなくアウト穴に吸い込まれた。瞬間、自分をこの世に生きている価値のない人間だと思った。

根尾は葱なしで家に帰った。

食卓の椅子に父と母の二人が座っている。食卓にはすき焼きの用意が出来ていて、二人は下を向いてぐったりしている。手ぶらの根尾に母はチラッと目をやり、何も言わずにガスコンロに火を点けた。根尾は黙って自分の椅子に座った。椅子が軋《きし》んだ音を立てた。

母はご飯を三つの茶碗《ちゃわん》に注ぎ、根尾の前に最初に置いた。

悪いことをしてしもうた。こんなこと何回目やろ。本気で止めんと、えらいことになってしまうと、根尾は何度も繰り返し思った。

好きなすき焼きが美味《うま》くない。醬油《しょうゆ》と砂糖が少ないのではないかと思ったが、母はいつものように入れている。沈黙の中で夕食が進んだ。突然、父が立ち上がり洗面所に向かった。すぐに戻ったが目頭を赤くしている。根尾は改めて二人を見つめた。母は六十歳、父は六十四歳になる。

すいません、こんな娘を許してください。……もうパチンコはしません。きっと、きっとしませんん……。

そんな大後悔の日曜日から三日過ぎた。根尾はすっかり元に戻っていた。止めなければとはいつも思うが、三千円の財布が二、三日で十数万円に増える醍醐味《だいごみ》と、ナンバーが揃ったときの興奮を思うと居ても立ってもいられない。あれほどの幸福感は他では味わえない。至福の時間と言っていい。

しかし両親の前ではパチンコを止めたことにしている。それなら休日だけ家からパチンコ屋に行かないように我慢すればいい。実はそれが辛いのだが……。

根尾は午後二時半頃、ブラリと大部屋に戻り席に着く。

「勝ったんか？」隣の席の暴力犯係長が興味なさそうに言った。

「負けたわ。不調やなぁ。この前、まずいことがあってからアカンわ」

「日曜のことやな。両親大事にしたれよ。明日はチョコレート取ってきてくれ。毎日、楽しみで待ってるんやから」

「係長の好きなカカオ七十パーセント以上のやつ、一年分取ってきたるから、楽しみにしといて」と根尾は応え、「取り調べについてはパチンコみたいに負けられへん。盗人《ぬすっと》刑事が盗人に負けてたら立小便もでけへんわ」と言った。

「あんた、立小便するんかいな？」

それだけの話だが、綾部は他人事で済ましてはいけない気がする。

「そこまで、誰から聞いたの？」余りにも詳細な堤の話なので、綾部は尋ねた。

「根尾係長さんは、どこか捨て鉢なところがあって、自分で言っていましたよ」

「捨て鉢って？」

「世捨て人って言うか……男性気質って言うか。私もよく解らないですけど」と堤は応えた。

ギャンブルは趣味の話ではなく、大袈裟に言えば人間の生死にかかわることだと思う。資本家にとってこれほど手っ取り早い金儲けはない。その犠牲者は常に貧乏人だ。

「香芝君はどんな子なの？」と綾部は、退屈しのぎを装って尋ねたことがあった。

「香芝君は私、大好きなんです。実はうちの娘と交際中でして、ヨメ《妻》にして欲しいぐらいなんです」と堤は香芝の話が出るたびに言う。

「娘から聞いた話ですけど」と言って話してくれた。

香芝は綾部が着任する前、管内で発生した殺人事件の帳場（捜査本部）要員に入れられたことがあった。

帳場を置く事件は、捜査一課の刑事が取調官になる。その班で一番優秀なベテラン刑事が当たる。香芝もいつかそんな刑事になりたいと思うが、睡眠時間さえまともに取れない日がこうも続くと、後頭部に重りが入ったようでそんな意欲も削《そ》げてしまう。

その日はマイカー通勤が許可され、案の定、署を出たのが日付の変わった午前一時頃になった。翌朝の出勤は定刻九時に変わりない。腹が減るのもとおり越し食欲もないが、何か買って帰ろうと、時々寄るコンビニの駐車場に入った。香芝は今の社会を象徴しているようなコンビニに入りたくないが、ワンルームマンションでの一人住まいには何かと便利だ。眠そうな顔もしていないコンビニ店長を横目に見て、おむすびとインスタント味噌汁《みそしる》を二つずつ買い、駐車場に出た。

駐車した方に目をやると、不良っぽい十代と思われる男が三、四人、香芝の車を取り囲むようにして中を覗《のぞ》き込《こ》んでいる。

三ヵ月ほど前に購入した念願の大型SUVだ。故障が無く頑丈なので、ポンコツになるまで乗ろうとローンで買った。こいつのために働いているとさえ思うときがある。マンションの駐車場に停《と》めているだけのここ一ヵ月だった。今日、久し振りに乗った。快調にエンジンがかかり、巨体で包み込むようにして本署へ運んでくれた。こいつが待ってくれていると想《おも》えば、帳場の仕事もいつもと違ったし、帰宅していいと言われたときには、こいつに向かって走り出していた。

香芝は車両盗だと直感したが、恋人が苛《いじ》められているような気持ちになった。

「なに、しとるんや。おまえら！」香芝は怒鳴った。

四人いる。四人が一斉にこちらを向いた。体を動かさず、口も利かず、ただじっと香芝から目を離さない。香芝はひるんだ。しかし、恋人を苛める奴は許せないという気持ちは小さくならなかった。

「警察、呼ぶぞ！」四人の近くへ行って叫んだ。

深夜とはいえ車の通行量も多く、香芝の声はさほど大きくもない。駐車場に入ってきた車の運転手も、こちらを見向きもしないで店に入っていく。

「おっさんの車か？　新品やなぁ。おれにくれよ」

リーダーらしい一人が、知り合いのように軽く言った。

それが合図のように四人は香芝を取り囲んだ。正面にそう言ったリーダーらしい男がいる。香芝はエライことになったと身の危険を感じ、血の気が引いていくのが分かった。もうどうしようもないのだろうかと、頭を急速回転させたが、浮かんでくるのはいつも想像していることであった。

「おれの車や。誰にもやらん。この車欲しかったら、おれを殺してから持っていけ。殴るんやったら殴れ。おまえらのポケットに入ってるナイフで刺すんやったら刺せ。おれが死ぬまでやれ。生きてる限りこの車はおまえらに渡さんから」腹を決めて言った。

こんな場面がもし実際に起これぱどうすべきか考え抜き、今のところ得ていた言葉だった。どう反応するかは敵次第、万が一、殺されることになっても諦《あきら》めるしかないと決めていた。

好きなようにすればいい。このまま死んでもこれが自分の人生なのだから。

開き直ることで漏らしそうだった小便が引き、血の気が戻り、一種の心地良さにさえ包まれた。

正面にいるリーダーらしい男は香芝よりも体格が一回り大きく、細い目を吊り上げ、如何《いか》にも悪そうな面構えで左手をパンツのポケットに突っこんでいる。香芝の言葉に顔色がさっと青くなったが、フンと鼻で笑い返してきた。

「ええ恰好言うな！　この怖《ビビ》りがり！　そしたら殺したろ。殺してから車もらうわ」と言って、左手をポケットから出した。

その手には、小型のナイフが握られていた。香芝の目の前をサッと横に振って一閃《いっせん》させ、ナイフを持った左手を腰につけて構えた。

「窓、叩き割るより、キーで開けた方がええやろ。キーくれ」とその男は言った。

落ち着きを取り戻した香芝は、男の慣れた仕草《しぐさ》や言いぐさを、かなり冷静に客観的に観《み》ていた。

「キーはやれん。欲しかったら、さっきも言うたようにおれを殺してから盗れ。おれは死ぬまでおまえの言うとおりせんから」

「命だけでも助けたる言うてんのに、解らんのか。刺し殺すぞ！」男はそう言って、ナイフを香芝の腹の手前まで勢いよく突き出した。

香芝は瞬間、腹をへこめたが、ゆっくりとナイフに目をやった。刃渡り十センチぐらいだが、幅は広い。腹の五センチほど前に刃の先端がきている。

「刺し殺せ。生きてる限りおれの車は渡さんぞ」

「ええ恰好言うな。大怪我《けが》せんうちに、キー渡せ！」

「渡さん！」

「刺すぞ！」

「刺せ！」

男の顔色が変わった。それを見越したように他の三人が、香芝との間隔を狭めた。香芝は再び腹の前にあるナイフに視線を落とした。

そしてじっとナイフを見た後、男を刺激しないように、極めてゆっくりナイフの刃の部分を右手で力一杯握った。指が千切れても放さない覚悟で握り締めた。男は素手で摑まれたナイフを、目の玉が飛び出るほど凝視した。顔色のなくなった男は、やっとの思いで香芝の顔へ視線をもどし、ナイフを押したり引いたりを繰り返した。そのたびに、香芝は指と掌《てのひら》に刃が食い込んでいると感じるが痛みはない。ナイフを引き抜かれないよう、ただそのことだけに集中した。遂に掌の中で刃が動く感じもしなくなり、凄い力で握っているという感覚だけが残った。

男は唸《うな》り声《ごえ》を上げ、空いている右手で香芝の顔面を殴りつけた。その一撃はまともに香芝の頰骨《ほおぼね》を捉えた。香芝は後ろへのけぞり、クラクラする中で右手を放してしまってはいけないと思い、空いている左手を右手の上に重ねてより強く握った。それを見た男は二発目三発目を顔面に浴びせてきた。

香芝はいくら殴られても放さないぞ、これがおれの闘いだと何度も自分に言い聞かせ、そのたびにナイフを握る両手に力を込めた。

朦朧《もうろう》としてくる意識の中で、他の三人の男たちが、リーダーらしい男を止めているのが目に入った。

両手でナイフの刃を握り、しっかり立っている自分を香芝は自覚した。刃の先から、おびただしい血が流れてコンクリートを汚しているのが見えた。

四人の男たちが向こうへ行くのがぼやけて見える。そして、見えなくなった。ナイフを握っていたはずの両手に目をやると、ナイフの把持部分が妙に生々しく握りしめた両掌から突き出している。

赤くなったコンクリートを見ながら、香芝はやっぱり勝った！　と思い、嬉しさが込み上げてきた。掌が脈を打ち始めた。が、快《こころよ》い疼《うず》きだった。信念を貫《つらぬ》いたことで、真の強さの意味を知り、非暴力の大切さを実践した気がした。

さんざんな目にあった。口内が粘々《ねばねば》し、血の臭いがする。急に口いっぱいに粘々したものが広がってきたので、急いでしゃがみ込んで嘔吐《おうと》した。すべて血反吐《ちへど》だった。

車は静かに停まっていた。ポケットからキーを出してドアを開け、倒れるように運転席に座り込んだ。座席は大きく、適当な硬さが心地良い。やわらかい空気に包まれた。汗拭《ふ》き用の手拭《てぬぐ》いで右の掌を巻いた。出血は思いのほか少なく、殴られた顔もミラーで見る限り大したことはない。少々腫《は》れて唇が切れているぐらいだ。車を動かそうとすると、ライトに照らされたレジ袋が正面に見えた。味噌汁とおむすびだ。香芝は拾いに降りた。もうふらつくこともなかった。味噌汁とおむすびは踏まれないで無事だった。

運転を始めると両掌が痛み始め、肘《ひじ》から先がこわばってハンドルを握る力もない。慎重に運転し、何とかマンションにたどり着いたというのに、降りる気力もなくしばらくじっとしていた……。

手足を洗ってベッドにもぐり込むのが精一杯だった。が、少しも眠れず起床時刻になってしまった。

翌朝、帳場に入ると「どうしたんや、その顔」と誰もが驚いて言った。

「どうしたんや、その包帯」右掌に巻いた包帯を見て、誰もが言った。

香芝は「兄と喧嘩しまして、殴られたんです」と言うしかなく、口をつぐんだ。

綾部は根尾と香芝のこの二つの話を聞き、二人を理論的にではなく感覚的に信用できる人間だと思った。

堤が良く知っていることにも驚く。何故知っているのか、尋ねようと思ったが、話の腰を折りそうなので尋ねなかった。

「お二人は、性格が違うように思いますのに、馬が合うのかいつも一緒に居ますよ。香芝君が特に根尾係長さんに憧《あこが》れてるみたいです」と堤は言う。

「互いに孤独なのかもしれないね」

綾部は組織人に成りきれない二人を想像した。組織に馴染《なじ》めない人間も確かにいる。

「二人とも組織人としては変わっていると思わない？」綾部は尋ねた。

「亡くなった夫にも、そういうところがありました」堤は、いつになくしんみり言ったのだった。

ソファに身を沈め、三億の使い道を考えることは、退屈なはずの署長業を楽しくさせてくれる。

大阪に住む両親は、一人娘が黒川署の署長であることを口にしないようだ。交番勤務の主任（巡査部長）で定年退職した父親にとって嬉しいことに違いないが、口に出せば自慢になると思っているのか、それとも娘に迷惑を掛けるとでも思っているのか、口にしない。

大学に入学して約半年は実家から通ったが、下手すれば通学時間に五時間を要し勉強が出来ない。親に無理を言い、大学近くのワンルームマンションでの一人暮らしを始めた。寂しさはなかったが、気楽さは何ものにも代えがたく、以後、一人暮らしは約二十二年間続いている。敢えて言えば、少し太ってくるのが欠点だ。

「車を買ってやろうか？」一年ぶりぐらいに車好きの父に電話した。

両親は綾部がどういう生活をしているのか知らない。便りのないのが元気の証拠、と思っているに違いない。特に父に関しては、娘と話をすれば嫌でも交番勤務を思い出すのだろう。綾部は五十歳を過ぎた地域課員を見ると父を思い出し、電話もしてこない理由が解る。彼らに共通して言えることは、上司の前では無口になることだ。つまり階級意識だ。最底辺の階級にいる自分を意識しなくてはならない場面を出来る限り避けている。退職後といえども容易にそのトラウマは消えないようだ。

「そしたらSUV、どうやろ？」父は遠慮がちに、歓喜に震える声で言った。「いやそんな高い車はええわ。今のでまだ充分やから」

SUVと聞いて、香芝を思い出した。話のきっかけとして車を持ち出しただけだったが、買ってやりたくなった。父も平和主義者だったのかもしれない。

「今のは何年、乗ってんの？」

「調子ええんや、十七年乗ってる」自慢そうに言ったつもりだろうが、かえって惨《みじ》めに聞こえた。「年数経って、税金が高くなってきよったわ」と本音を出した。

五、六百万ほどだ。買ってやることにした。切ろうとしたとき、父は関係のないことを言った。

「おまえみたいなエライさん、気ぃつけやなアカンで。そんなことないとは思うけど、大阪はエライさんを嫌う土地柄やからなぁ」

「なんやのんそれ」

綾部は軽く返事をして切った。車を買ってもらったので、何か言わなければと思って言ったことのようではない。脳裏にいつまでも残る気がした。

五

全国都道府県警察のすべての署長は、有事即応体制の確立ということで、休日以外自宅に帰ってはいけないと決められている。従って公舎（官舎）がある。もちろん家賃など要らない。全国でたった一人のキャリアの女性署長である独身の綾部なら有り難い規則だが、ノンキャリアの署長はどうなのだろう。難儀なことだろうと想像するが、署長をめざしノンキャリアは日々研鑽《けんさん》し、互いにしのぎを削っている。それが一人落ち二人落ち、遂に何百人に一人しか署長になる者はいない。しのぎを削るのはキャリアも同じだが、毎夜自宅に帰れないキャリアは綾部の知る限りいない。

署長公舎は大方の場合、署の敷地《しきち》内に建設されていて、一般住宅そのものの形状で、玄関は公道に面している。署長名の表札を掲げ公道から公舎を見る限り、普通の一戸建て住居と変わらない。もちろん近所の人は知っていて、「用心ええわ」と言って喜んでいる。

朝礼が終わると、綾部の日課は終わったようなものでとりあえずすることがない。着任したばかりの頃は本庁との違いに、これでいいのだろうかとかえって落ち着かなかったが、〝慣れは狎《な》れに通じる〟というように、今では大手四社の新聞を中心に週刊誌二、三冊を読むのが日課になっている。

十時になれば、堤が作ってくれたサンドイッチを食べなければならない。彼女はその時刻にコーヒーを持ってきてくれるので、必ず食べる。堤が会計係室で昼食を摂《と》っているのを見たことがあるが、十時に食べたサンドイッチと同じだった。だから必ず持ってきてくれるので、おおいに当てにし、朝食か昼食を抜きにすることが多い。でないと太ってしまう。

明日は今年最初の土曜日、休日や。久し振りにブラリと、ミナミにでも出かけて、いいものがあれば買おう。何でも買えるのだから。

去年までは、休日だからといって敢えてすることもなかったし、それほど楽しみでもなかった。というより休日は食事の心配をしなければならないので、かえって面白くない日が多かった。それに、ほんの一時間ほど外出するにも、署の当直に外出すると言っていかねばならない。

今年はそうでなくなりそうだ。どこへでも行ってやろうという意欲でいっぱいだ。

すでに脳みそは、何を着ていこうかなと思案している。今更、素敵な装いが出来るはずもないが、有るものを着て出かけるにしても、どれがいいかとあれこれ考えている。

今日はお洒落《しゃれ》な服を一着買おうか。店の人にコーディネイトしてもらおう。

綾部は胸を膨らませて、ミナミに出かけた。

誰に見られているか分からないので、大きなサングラスは欠かさない。ミナミの人通りは黒川の比ではない。東京駅構内にいるようだ。心斎橋《しんさいばし》や道頓堀《どうとんぼり》はまるでお祭り、前へ進めない。

外国人観光客が七割ほど占めていそうだ。西洋人もいるが、圧倒的に多いのは中国人だ。日本人だろうか、どうかなと思いながらすれ違うと、早口の中国語が耳に入ってくる。後ろを振り返ると彼らは七、八人の集団でよく似た体形をしていて、日本人ではないと改めて思う。

中央警察署は大変忙しいことだろう。本庁にいるとき、日本で一番多忙な警察署がここ大阪府南警察署だと言われたことがあった。黒川署なら適当な忙しさだ。南警察署長にキャリアが来ることはない。理由は、事故があればキャリアの責任になりかねないからだ。あまりに暇な署は世間的に具合が悪いし、黒川署程度が丁度いいと判断し、キャリア女性署長第一号を据えたのだ。

しかし、事件事故などを処理するのはどちらにしても警部補以下の階級にいる現場の警察官である。署の課長でさえめったに現場に出ることはなく、まして署のトップである署長が処理に当たることは皆無だ。多忙な署とかいうのは現場警察官サイドの言葉だと、今の綾部は痛感する。

ようやく、行きたかった百貨店が見えてきた。

中もやっぱり中国人が多い。彼らは買ったものを肩に下げ手に持ち、シャキシャキと歩く。綾部はそんな彼らを見て、たくさん買ってくれてありがとう、と感謝する。彼らのおかげで日本経済がどれほど潤《うるお》っているか計り知れない。そんな大袈裟に思わなくても、小さな商店街の経営者ですら大喜びしている。

洋服売り場の階にエスカレーターで上がってきたときだ。

「ベッピンさん、色眼鏡のベッピンさん！」

大声がエスカレーターの下の方から聞こえてくる。綾部は自分が誰かに呼ばれることなど念頭になかったので、気にもしなかった。

「ベッピンさん、こっちやこっちや！　知らん顔してたらアカンで！」

洋服売り場に向かう綾部に、間髪入れず再び同じ声が聞こえた。どこかで聞いた声でもあり、こちらに言っているようだ。

振り返った。

綾部はよく憶《おぼ》えている。宝くじ売り場のおばさんだ。人をかき分けてエスカレーターを上がり、こちらに走ってくる。走り方が尋常ではなく、脂肪を震わせている。遂に手の届く所に接近してきた。

綾部の心音が全身に響きわたった。同時に全身が熱くなった。おばさんは綾部の正面に立ち、ハァハァハァと息を切らしている。喋ろうとしているのに声にならず、両膝《りょうひざ》に両手を置き頭部を深く垂れて呼吸を整えている。

まさか、宝くじに当たったことなど知らないだろう、綾部に不安がよぎった。知られては計算が狂う。不安が膨らんでくる。

「ベッピンさんにやっと会えたわ。ハァ、ハァ」おばさんは、顔だけ上げて綾部の顔を見、ニッコリ笑った。「いつか会えると、思てたけど。こんなとこで、会えるやなんて」

「すいませんけど、どちらさまでしたかしら？」

「忘れてはって、当たり前や。黒川商店街の宝くじ売り場の、お婆《ばば》やないか。思い出されへんか？　そんなことないやろ？」

「そう言ってもらって、思い出しました。あっ、そうそう」

「『当たるやつくれ』言うて、連番で十枚売ったがな。わても嬉しゅうてなぁ」

「私に会えてなぜ嬉しいのですか？」

「そんなとぼけんでもエエ、わてには分かってるんや。とにかく、おめでとう」

綾部は動揺を表に出さないで、おばさんの顔を凝視し続けた。何を言いたいのか知りたい。

「こんなことが世の中にはあるんや。わてには一銭も入らんこっちゃけど、あんたともう一人の人には何としても聞いて欲しかったんや」

「どういうことですか？　私ともう一人の人とは誰のこと？　何のことを言うてはるんですか？」

宝くじに当たったことをおばさんは知っている。しかし、もう一人の人とは誰のこと、そもそも何のことを言っているのだろう。

「あんたが当たったいうことは知ってる。けどなぁ、それだけやないんや」

嬉しそうに言うおばさんの言葉が再び途切れた。

「ところで、あんたどこの人なんや？　黒川に勤め先でもあるんか？」

綾部は、身分がバレていないことにとりあえず安堵《あんど》した。綾部は、当たったかどうかについての返事は一切しないで知りたいことだけを尋ねた。

「たまたま黒川に来ていただけよ」と嘘を言った。

「もう一人の人って何のこと？」

おばさんはやっとのことで腰を伸ばし、大息を吐《つ》いた。腰は痛そうだが、呼吸の乱れは整ったようだ。

「あのなぁ、あんたの三十分ほど後に、買うていった……」

そのときだ。エスカレーターから上がってきた中国人の大集団、三十人ぐらいいただろうか、彼らは大声で喋りながらおばさんの後ろからやってきて、ほとんど突き飛ばすようにしておばさんを巻きこんだ。綾部は傍にいたのにおばさんが見えなくなった。綾部はおばさんを見つけ、集団から離した。おばさんは彼らの方を見て盛《さか》んに文句を言っているが、大声で歩みの遅い集団のため、おばさんの言葉の内容まで分からない。

「さっきの話の続きやけどな」

綾部の方を見たおばさんは話の続きをし始めた。綾部は聞き逃してはいけないと耳をそばだてた。そのとき再び別の中国人集団が現れた。おばさんは身をかわして、興奮したように話を進めた。が、中国人の声が大きくてよく聞き取れない。何度も聞きなおすが、おばさんにも綾部の声が聞こえないのか、無視したように話を進めている。

中国人集団はどこへ行こうかと話していたのだろう。やっと決まったらしく移動し始めたとき、おばさんも、

「わても行かなアカンとこあんねん。そういうことやから。これであんたに言えて、良かったわ。サイナラ」と言って、急いで立ち去ってしまった。

「ちょっと待って」綾部は後を追いかけた。

またしても中国人集団に阻《はば》まれて見失った。周辺を捜したが見つけられない。綾部は大失敗をしてしまった、取り返しのつかない失敗になるかもしれないと思った。洋服売り場へなどとても行く気がしなくなった。店内を当てもなく歩いた。

私が当たったことを知っている。もう一人の人とは何だろう。その人も知っているというのだろうか。当たったというのだろうか？　そうだったら誰だというのか。害を及ぼす人間ではないだろうか？などと綾部はあれこれ思いを巡らせた。

取り越し苦労だと、不意にそんな思いになった。おばさんもそう言っているだけだ。そもそも、宝くじが誰に当たったかなんて知り得るはずがない。

一旦そう思い始めると、どんどん深くなりすっかりそう思うようになった。

綾部は予定どおり洋服売り場に向かった。

六

綾部はキャリアの一人として、上級官庁、つまり警察庁へ虚偽の報告をするという舐《な》めたノンキャリアの態度や行動に怒りを感じている。事実を暴いてノンキャリアの虚偽報告を徹底的に追究し、命令違反をあばき、一人でも多くのノンキャリアのエリートたちの責任を追及したい。

自分が都道府県警察の署長に任命されたのも、ここら辺りに意味があったのだと思うと、異動を命じられたときの不満も消え去り、大いに満足だった。

堤の夫の事故死なども初めからうさん臭い。

今朝も堤の笑顔は変わらない。いつものように茶とサンドイッチを盆に載せて入ってきた。

「おはようございます」と言って茶とサンドイッチを机上に置いた。

「今日はビーフカツサンドを作りましたの。お口に合うかどうか……、お召し上がりください」

「いつもありがとう」綾部はサンドイッチに目をやった。「おいしそうなこと。十時が今から楽しみだわ。今日はあなたもここで一緒に食べない？」

「そんな滅相《めっそう》もないこと出来ません。それでなくても注意されているんですから」

「何を注意されているの？」

「署長さんと親しくし過ぎだと言われています。立場が違うことを忘れるなと言われます。私もこんな性格ですからつい調子に乗ってしまって……、すいません」

総務課長が会計係長に言わせているに違いない。

「それなら無理は言えないね。ちょっと聞きたいことがあるのでそう言ったの」

「どんなことでしょうか？　分かることならお答えしますけど」堤は注意されたことなど意に介しないふうに言った。

「そこへ座って」と綾部はソファを手で示した。

堤はそんなところへ座れないと断ったが、綾部はそこへ座らないと話は出来ないと強く言った。躊躇いながらもやっと堤はソファに座った。

「こんなことを尋ねて失礼なんだけど、ごめんなさいね。前のご主人が、事故死された原因は何でしたの。ご主人は組織の犠牲者ではなかったのかしら。それなら、あなたの今の待遇では釣り合わない。より良くしたいの。そのために、事実を知らなければ手が打てない。他言はしないからぜひ教えて欲しいの」

真実を聞き出すために大袈裟に言うのは、悪いことではないと綾部は思う。

「待遇なんか、今のままで充分です」堤は目を丸くした。

「待遇をよくすると言ったって、具体的には給料を上げることぐらいしか思い浮かばないけど。通勤時間は三十分ぐらいだし、人間関係も良好だし。他に何か希望ある？」

「ありません。給料も今のままで充分ですよ」

急にそんなことを言われて即答できる者はいないのは綾部にも解る。

「私は組織の体質を改めたいの、それだけ。でないと亡くなった方々は浮かばれないわ」

「ありがとうございます」と堤は言い、意を決したように言った。「それでは言います」

綾部はこの言葉を待っていた。

遂に堤は隠し続けていた前の夫の事故死について語り始めた。口にすることは辛いことだったに違いない。堤は震える声で話した。

「機動隊レンジャー部隊の指導員だった夫は、毎日楽しそうに出勤していました。ある日、帰宅時間になっても帰ってこないので心配していますと、『隊員が落ちて意識不明になった。今晩は帰宅できない』と電話がありました。以前にもあったことですけど、三日間帰ってこなかったのでさすがに心配になってきたんです。四日目に帰ってきた夫は病人のように痩《や》せ細《ほそ》っていました」

「それで？」

「落ちた隊員の方は、イジメにあっていたんです。その方の順番が来たときに、先輩隊員がレンジャー・ロープを長くして緩めておいたらしいんです。結局それが原因で落ちて亡くなってしまったのですが、そんなことも把握できなかったと指導員の夫が上司に責められたんです。四日間、亡くなった方の遺族のところへ行ったり、報告書を書いたりしていたそうです。五日目、出勤した夫は帰ってきませんでした。隊員さんが落ちて亡くなった同じ訓練場所で、飛び降り自殺していたそうです」

　話し終えた堤はぐったりして空中の一点をボンヤリ見つめた。

「どうか人に言わないでください。前の署長さんと約束しましたので」と言った。

「前の署長さんというのが、当時の機動隊長だね」

「そうです」

「言わないよ。言い難いことを言ってくれてありがとう」

　堤にしてみれば、夫を死に追いやった憎んでも憎み切れない署長ではあるが、子供を育てて生きていくためには就職する道を選ばざるを得なかった。堤は警察職員として新規採用された。それでも不安に感じた前署長は、堤の天真爛漫《てんしんらんまん》とした性格につけ込み再婚まで世話をしたのだ。

「今のご主人、前の署長に紹介してもらったのね？」綾部は念のため尋ねた。

「そうです」と堤は決まり悪そうに言った。「夫の死んだ姿が思い出されて申し訳ない気がしましたが、将来が不安でお断りできませんでした。……でも今の夫もいい人で、良かったと思っています」

　堤の性格の良さというか、おおらかさとかいうものに、綾部は自分にないものを感じて魅かれる。

　やはり図星だった。またしてもノンキャリアの命令違反、横暴だ。己の保持している地位を守るために堤の夫を死に追いやったのではないか。それも一つの殺人罪と言えないか。どうせこんなことだろうと思っていた。

綾部は本庁へ報告すべきかどうか迷ったが、当の本人、堤が不満なく過ごしていることからしないことにした。堤に迷惑を掛けることになりかねない。

ソファに身を沈め、退屈と闘う。……訴訟を起こしたり、報道機関に密告されないよう堤は採用され、再婚へと導かれたのだ。警察に在籍させることによって、彼女に対する見張りと予防が可能になる。抜かりない組織、最適の処置は我が組織の得意とするところだ。

しかしこんなことは解りきったことだ。虚偽報告に時効はないので、その責任を問うだろうか？　そんなことがふと綾部の脳裏をかすめた。

そんなとき電話が掛かった。母からだ。慌てふためき震えた声が耳に飛び込んできた。眠気が一気に覚めた。

父が、買ってやったばかりの車を運転中に、人をはねて死なせたという。保険はまだ入っていない。相手は四十歳の働き盛りの会社員ということだ。綾部はペーパードライバーなので、今後どうなるのか解らない。うろたえる母をなだめるが、多額の金が要るので生きていく自信が無くなったと言って狂乱状態は治まらない。

大変なことになったが、三億あると思うと開き直ることも出来るが、三億を減らすことは何としても惜しい。やっぱり車など買ってやらなければ良かった。調子に乗るとロクなことがない、と反省しきりだ。

「済んだことだから仕方ないでしょう。いくらわめいても解決しないよ。私の方から手を打つから、電話を待っていて」と言って電話を切ったが、不安は大きくなるばかりだ。

綾部は公安課長に、その旨電話した。一身上のことは大小にかかわらず、組織上の上司に報告し指示を受けるのが原則だ。ことの大小の判断は組織が行う。つまり、組織にどれほどの悪影響を与えるかで大小は判断される。

公安課長は「少し待ってください」と言い、二時間後ぐらいには、「すべて弁護士に措置させますので、心配しなくて良さそうです。こちらから手配しますから」との電話をくれた。

賠償金などの必要経費について尋ねると、「後でたっぷり請求しますから」と言って大笑いした。綾部はその笑い声を聞いて不安は随分小さくなった。

七

綾部は公安課長に、春まで、と言われたことに胸が躍った。二年が相場だとは思っていたが、改めて言われてみると目の前に花が咲いたように明るい。

一月上旬になり寒さが厳しくなったが、一日中署長室にいるのでピンとこない。

先日、府下署長会議に出席するため府警本部に行ったとき、署長車から工事現場の入口にいる警備員を見た。六十歳を越えていそうな彼はヘルメットの下で鼻水をすすりながら、汚れた制服の上に、より汚れた綿入りコートを着て通行人の誘導をしていた。綾部は冷暖房の有り難さが解らない人間になっている自分に、後ろめたさを感じた。が、それほど大きな後ろめたさでもなかった。人間はいろいろいる。彼が今なお働かなければならないのは、彼自身の責任なのだと思うようになってきた。

「寒そうですね」と言う運転する総務課員に、

「外にずっといれば、慣れるんじゃない」と綾部はつい言ってしまった。

運転手はそれきり口を利かなくなった。交番も寒いでしょうね、という言葉を待っていたのに違いない。

夕方帰署すると、差出人の記載されていない手紙が机上に置いてある。上衣を脱いだ綾部は、その手紙を手に取った。

「ちょっと気になりますから、置いておきました」

総務課長が署長室に入ってきてそう言った。

署長室に出来るだけ入ってこないようにしている彼が、わざわざそう言いに来たことをヘンに思った。

「何かあったの？」

「差出人が書かれてないので、一応口頭でも言っておこうと思いまして」

「今までも何度もあったのに、どうして今回は口頭で、なの？」

「どうしてということもないですが……」

総務課長はそう言って足早に出ていった。綾部は何となく気になったので、指紋を出来るだけ付けないようにして封を鋏《はさみ》で切った。

便箋《びんせん》が一枚だけだ。そっと取り出して、開けた。

《仇《かたき》をうつ。何人になるかわからん。かくごしとけ。仇のおやぶんはおまえやから、さいごにおまえも殺す》

下手な字で、ボールペンで書かれてある。小野寺だと直感した。

綾部は根尾に携帯電話を掛けた。根尾は、直ぐ行きますと言ったが、なかなか来ない。ノック音がやっとした。香芝を相変わらず連れている。

「ごくろうさん」綾部は敢えて落ち着いた口調で言った。

「何でしょうか」

「これ、見てちょうだい」

根尾は机上に在る封筒と便箋を手に持たず、顔を近づけて見た。そして、顔色を変えて無言で頷いた。香芝は横からじっと見つめている。

「誰だと思う？」綾部は言った。

「小野寺です」根尾はハッキリ応えた。「筆跡からも文面からも間違いないです。署長は他に心当たりがあるんですか？」

「ないよ。私は筆跡など見たことないけど、小野寺だと思っていたの」

「間違いないでしょう。指紋を取りますので、鑑識に持っていきます。すぐ答は出ますので」

根尾は、手袋をしてそっと封筒へ便箋をしまい、香芝を鑑識に走らせた。

「やっぱり迷惑を掛けてしまってすいません。これ以上、迷惑掛けないようにしますので」残念そうに顔を歪《ゆが》めて根尾は言った。

「迷惑なんかじゃなくて、私が心配なのは刑事課長なの。小野寺の目的は、刑事課長をやることで、何人やるとか私もやるとかは、脅しだと思うの」

「私もそう思います」

「手紙の内容を知っているのは、係長と香芝君と私の三人だけだけど、刑事課長に知らせるべきかどうか迷っているの……」

「西部社長は知らないと思います。知っていれば、こんなこと小野寺にさせないはずです。連絡を取って確かめてみますけど、その上で手を打った方が良いですよ。その前に報告に来ます」

「刑事課長に知らせるかどうかは、どう思う？」

「知らせてはいけないでしょう。私は、長谷川課長は手の付けられない悪人、詐欺師だとも思っています。知らせたりすれば、彼は黒川署だけでなく、府警を巻きこんだ騒ぎにしかねませんし、何より怖いのはマスコミを巻きこみますよ」

綾部は根尾の言葉に身の引き締まる思いがした。

「知らせないでおきましょう」と急いで言った。

ノック音がし、香芝が入ってきた。

「署長の指紋二つと、小野寺の指紋がいくつも付いていました」と香芝は報告した。

「やっぱり小野寺に間違いないね」綾部は言った。

根尾は頷きながら「課長はどうしていた？」と香芝に尋ねた。

「自分の席に座って、何か見てはりました。私が鑑識に入ったのも気がついてませんわ」

「手紙のことは、課長はもちろんのこと、誰にも言ってはいけないよ」と根尾は言った。

「分かりました」香芝は緊張して応えた。

「西部社長は捜査四課にいた警部らしいけど、信用できるの？　それに小野寺は西部社長をそれほど信頼しているのかしら。あなたは西部社長を信用しているみたいだけど」と綾部は根尾に尋ねた。

「私の独りよがりかもしれませんが、間違いないと思います。大阪のヤクザは、気が合う合わないだけで命をかけるのも厭《いと》いません。言ってみれば、単純さが小学一年生程度なんです。小野寺は誤認逮捕されたことなんか何とも思っていないし、反対に私を信頼していると思います。それは、西部社長が私を信頼しているからなんです。ここらへんは大阪ヤクザ独特のものですから、堅気には理解しがたいところです」根尾は自信ありそうに答えた。

「私にも理解しがたいところだけど。それとは別にふと思ったんだけど……。小野寺のこの件と、八千五百万盗難とは関係ないと思うんだけど、係長はどう思う？」綾部は気になり出したことを根尾に聞いてみた。

「何か耳に入っているのですか？」

「入っていないよ。急に関係あるように思えてきただけ」

「吃驚《びっくり》しました。関係あるとはとても思えません」と根尾は応えた。「西部社長に小野寺の件を聞いてみますので、この手紙は預かっておきます」と言って出ていった。

八

　堤に前夫の死について聞いた後、彼女に何か変化はないかと注意深く観ていたが、なさそうだ。相変わらず愉快に陽気にやっている。

「ご主人はお元気？」綾部は堤に負けないくらい、明るく言った。

「おかげさまで」堤は満面に笑みをたたえて応える。

「夫婦喧嘩なんかしないの？」と尋ねたが、実際に聞きたいところでもある。

「結婚して四年ほどですけど、この歳になっても、二十代で結婚したのと同じですよ。喧嘩はよくやります。うちの人は、外面《そとづら》は良いらしいですけど、内《うち》面《づら》はとても亭主関白なんですよ。昨日もえらそうに『おい、茶』と言うもんですから、聞こえない振りをしていたんです。そしたら、『署長には茶を入れるくせに、俺には入れんのか』って言うんですよ。『署長になったら、入れてやる』と言ってやったんです。そしたら、黙ってしまいました。可哀想になって、コーヒーを入れてあげましたけどね」

　聞かなければ良かったと思うほど、堤はいつまでも嬉しそうに話す。

「ごちそうさま。私なんか公舎に帰っても一人だから、寂しくて仕方ないわ。モテるあなたが羨《うらや》ましい」と言って綾部は会話を丁度いい頃終える。

　望むように、つまり望みとは四月には本庁に戻り上位のポストに就くことだが、順調に事は進行しているように思う。相変わらず腹が立つことはあるが、些細《ささい》なこととして片づけられる。少々のことがあっても苛々しないでそう思えるのは、根本的には宝くじ三億が当たったからだ。

　大金を持つと人生が愉快だ。ノンキャリアに対する腹立ちを抑えてくれ、睡眠がよくとれる。

　父親の交通事故については、その後、たびたび本庁へ連絡を取った。

「すべて終わったので安心しなさい。ご両親の方には弁護士から連絡させています」と公安課長は言ってくれた。

「保険にも入っていないので、費用が心配でして、いくらぐらい必要なのですか？」と綾部は気になることを再び尋ねた。

「後でたっぷり請求しますよ。大金持ちの君が心配することではないですよ」と公安課長は、冗談っぽく言って笑った。

綾部は三億当たったことではないかと、胸を突かれたような気がしたが、その後すぐに公安課長が、「相手が四十歳ぐらいの働き盛りの会社員ではなかったのですよ」と言ったことから、気持ちが一変した。

「どんな人間だったのですか！」綾部は慌てて聞き返した。

「年齢は四十二だったんだけど、会社員ではなく、ヤクザだったんですよ」

「えっ！」綾部は奇声を発したが、「申し訳ありません」とすぐに謝った。

綾部は公安課に非常な迷惑を掛けてしまったと思った。同時に、うろたえた母の声を憎らしく思った。

「ご迷惑をお掛けしまして、何と言えばいいか分かりません。ヤクザ組織の者は、ごねたのでしょうか？」綾部は恐る恐る尋ねた。

「娘が警察署長だと知られないように注意しましたよ。知られれば、ごねますからね。大阪はそんなところはしっかりしていて、捜査四課の連中に話をさせました。丁度、そこの組ぐるみの事件を捜査し始めたところだとかで、事件に絡めてきっちり処理したと報告を受けています」

「どう処理したのですか？聞くべきではないことですけど、出来れば教えてもらえませんか」

綾部は父のことでもあるし、今後捜査四課と顔を合わせる機会もあるので知っておきたかった。

「私が知っていれば教えてあげるけど、詳しくは知らないのですよ。知らない方がいいと思って、尋ねなかったのです。ただ、君のこともお父様のことも言っていないので安心しなさい。相手のヤクザにはもちろんのこと、捜査四課の連中にも言っていないから」

公安課長はこともなげにそう言った。綾部はそう言われても、なお聞きたかったが、自重せざるを得ない。

「申し訳ありませんでした。多大の迷惑をお掛けしまして」

「迷惑なんかじゃないよ。局長からも、しっかり確実に処理するように言われたからね」

綾部は局長までが自分のために、そう言ってくれたことが嬉しくてならなかった。

「それからね」と公安課長は思い出したように言った。「ヤクザに対する賠償金の件だけど、捜査四課が要らないと言っているから、『お言葉に甘えます』と言っておいたから。局長も了解ですから、そういうことにしておきましょう」

綾部は夢中で、「ありがとうございます」と言うしかなかった。そして、「父は、逮捕もされなかったのですか？」と何も知らない自分を恥ずかしく思いながら尋ねた。

「当然ですよ、相手が相手ですから。そんなことも大阪の捜査四課はよく心得ていまして、所轄署と連携を密にして上手《うま》く処理してくれました」公安課長は綾部の無知を気にせず言った。

ここまで大事にしてもらう自分は幸せ者だとさえ思った。大金持ちと言われたことは記憶にあるが、冗談かもしれないし、いずれにしても些細なことのように思えた。

綾部は、父の交通事故の件はこれで終わったと安心し、組織に対する恩を感じた。

父は六十歳で定年退職し、五年が過ぎる。

警察官は定年退職する数日前に階級が一つ上がる。父の場合なら正式には警部補で退職ということになる。一階級上がる理由は警察組織の持つ温情主義だとされているが、綾部は警察官僚になって約十八年過ぎた現在、温情主義などという優しさではなく、組織の横暴のようなものを感じる。

警察組織は階級社会であることを明言している。警察官になる者は承知しているのだが、下位の階級に何十年もいれば、不平不満が溜《た》まってくるのは血の通っている人間なら当然のことだ。理不尽、不条理なことに我慢し続け、長年溜まった鬱憤《うっぷん》が組織に向けられないために、あるいは少しでも少なくするための方策の一つだ。殉職した場合は、二階級特進になる。自殺した堤の前夫が一階級上がったことは、遺族に対しての口封じ方策の一つなのだ。

組織防衛、それは警察本来の目的達成に不可欠のものだ。常に警察は正義の味方でなくてはならない。不偏不党、公平中立こそが、警察が国民からの信頼を得るためのあるべき姿なのだ。その姿を保持するためには手段を選ばず、国民を騙《だま》すことは必要悪として許される。

しかし綾部は、自分が感じるそんな正義感にどっぷり浸かりはしない。かと言って、ほとんどのキャリアのように組織愛に酔いはしない。父親の件で組織に多大な世話になり、恩を感じるが信頼感は持てない。が決して口にしてはいけないと、自らに言い聞かせた。

九

西部から根尾に電話があった。

「小野寺が三日前から、連絡もしないで出勤しなくなったのです。自宅へ今日も寄ってきたのですが、居なくて捜しようもないんです。耳に入れておこうと電話しました」と言った。

脅迫状の内容と一致している。

「実は小野寺と詳しく話が出来ました。やはり長谷川を狙《ねら》っているのですが、タマを取ったら係長さんに自首したいと言うのです。失礼ですが、彼の妻に似ていると言うのです。他の刑事に自首はしない。係長さんになら従いたいと言うんです。だから彼のためにそうしてやってくれませんか。私からもくれぐれもお願いします。そうでないと、最悪のことが起こる気がします」

根尾は小野寺の言葉が刑事として嬉しくてならない。刑事冥利《みょうり》に尽きる。

小野寺は死ぬ気でいる。殺人の自首受理は誰もが出来ない。小野寺に会い、長谷川課長の悪事を暴いてやるのは面白い。

「会いましょう」心がかりはあるが、好奇心もいっぱいだ。

そんな根尾に西部は、「長谷川の様子に変わったところはありませんか？　小野寺はこうなる以前から、長谷川を許さない、と言っていましたから」と早速、中身に入った。

「いつもどおりに見えます。小野寺は道具（拳銃）を持っているんですか」根尾は単刀直入に尋ねた。

「持っています」西部は臆《おく》せずに応えた。

根尾は西部に刑事の持っているふてぶてしさを感じる。拳銃を持つことは犯罪なのに、堂々と言うこの種のふてぶてしさが自分にはないような気がする。女だから舐められてはいけない意識は強いはずなのに、肝心のところが欠けている。

根尾はこの件については、署長には報告を密にするが、香芝にさえ頼らずに自分一人でやってみようと決心した。

「道具を持って、三日前から、課長のタマ、狙っているんでしょう。金は持っているんですか？」

金がなければ、日々の生活が出来ない。

「金は持っていないはずです。給料は後払いですし、昔の渡世上の兄弟にも、あいつの性格から金は借りに行かないと思います。三日前からなら、今日ぐらいが金のなくなる限度でしょう。手っ取り早く道具を使って、強盗でもするかもしれないと思っています」

「マメ《弾丸》は、いくつ持っているか分かりますか？」

「道具はニューナンブM60でして、マメは五発、弾倉に詰めている分だけです」西部は自分の拳銃のように言った。

「小野寺が、一度見せに来たことがありました。ご存じのようにヤクザの命といえる道具を、他人の私に見せるのは、自分の命を私にあずけた印です。小野寺は死を覚悟で長谷川を狙っています」と言った後、「言い忘れてましたが、小野寺は現役のときから、拳銃の名人、と言われていました」と言い足した。

「それは初耳ですねぇ。射撃練習なんかする場所はないでしょう？」

「詳しいことは知りませんが、殺し屋の異名を持っていましたから。ヤクザの世界では有名でして、おそらく何人か射殺してると思いますよ。捜査四課の内部資料でも要注意人物になっていました」

「そうですか」

「長谷川は腸の煮えくり返る男ですけど、撃ち殺されるのを傍観しているわけにはいきませんし、何よりも、小野寺を殺人犯に出来ません。そこで係長さんに、いい考えはありませんか。今朝、無言電話がありまして、おそらく小野寺だと思います」

「聞いたばかりですので、いい考えなど思いつきませんが」と根尾は言ったが、西部に何かの考えがあってのことに違いないと思い、「西部さんの考えを先に教えてください」と言った。

「今から、そちらにお邪魔してもいいですか。三十分で着きます」と西部は言った。

「そうしてください。署の向かいの、コロンボという喫茶店で待っています」

根尾は電話を切って課長を見た。小野寺から課長に対して接触《当たり》があったようには見えない。

根尾はコロンボに向かった。小野寺を断念させるにはどうすればいいのか。簡単に名案は思い浮かばない。椅子に座り、思案にふける間もなく西部はやってきた。

西部は座るなり言った。

「可能かどうか解りませんが、係長さんのお力添えを得て、長谷川と小野寺を会わせてみてはどうかと思うのですが、どうでしょう。小野寺は長谷川に言いたいことが山ほどあるはずです。相手に思う存分ぶつけさせれば、わだかまりが少しでも解けるのではないかと思うんです。今更そんな生やさしいことで、恨みは消えないとは思いますが、それしか手がない気がするんです」

根尾は、小野寺の憎しみが増すだけではないかと言った。

「このままにしておけば、小野寺は長谷川をいつかきっと殺します。最悪の結果になります」西部は詰め寄ってきた。「何もしないより、行動を起こした方がいいんじゃないでしょうか」

「二人を会わせるために、私にどうしろと言われるのですか？」

「実はお願いし難いのですが、長谷川に小野寺と会うように説得して頂きたいのです」

案の定、そうだった。

「小野寺と連絡が取れるのですか？」

一瞬の間を置いて西部は言った。

「……取れるようにしました。しばらく待っていろと言っています。とにかく長谷川に、会う、と言わせて欲しいのです。会うときは、私と係長さんは同席しなければなりませんが」

「言ってみます」

「待っていますので」と言って西部はコロンボから出ていった。

西部は以前、連絡が取れないと言っていたが取れているのだろう。根尾は肩の凝《こ》りを取るように首を何回もまわした。ポキポキ鳴った。残ったコーヒーを飲み干し、どうすべきか頭を巡らせた。

大部屋に戻ると、取調室が空いているのを確かめ、その足で課長席に向かった。

「大事な話があるんです。すいませんが取調室に来てもらえませんか」

課長は無言で頷き、ためらわずに立ち上がった。予想に反した課長の行動に、いい結果が得られない気がした。

理解に苦しむ不透明な言動の人間にはウソが多い。

取調室に入った根尾は、被疑者の席、丸椅子に座った。

「西部から、昔のことを聞いたんやな」課長から先に言ってきた。

「聞きました」悪びれずそんなことを言う課長がますます理解できない。「女の子も母親も、自殺したということも本当ですか？」

「事実や。しかしな」課長は根尾の顔をじっと見て言った。「母子家庭やったんや」

「母子家庭が何やというんです。関係ないでしょう。悪いことをしたとは思てないんですか？」

「荒れた家庭環境のせいで、最悪のケースになったんや」

「簡単に言うんですね」

課長は根尾の怒りを無視したように、空中の一点をボンヤリ見つめている。

「結果的に課長の行為から人が二人も死んだのに、

素知らぬ顔でいることは、恥ずかしいことですよね」根尾は遂に怒りをぶつけた。

　課長はわずかに我に返った表情をし、視線を根尾に戻した。

「おれは痴漢なんかしてない」課長は言った。「示談で終わったから、よけいに誰も信用してくれんかった。しかし、してないもんはしてない。今更、弁明を繰り返す気もせん。刑事当直の西部は、いくら説明しても信用してくれんかった」

　根尾は何かに摑まって、やっとの思いで立っているような感覚だ。うろたえた。予期していなかった課長の言葉だった。

「もうウソをつく必要もないですよ。ホンマのことを言うてスッキリすべきですよ」

　無意識にそんな言葉が出ていた。根尾は虚しい気分に襲われた。この虚しさはどこかで味わったものだと、意味もなく探していた。

「自殺した女の子と母親は、小野寺の元妻と子供やったんです」と一気に言った。「小野寺は、課長をやっと見つけて、タマ取ったろと狙っています。大事な話というのはそのことです」

「タマ取る気なら取ったらええ。痴漢騒動で、おれの嫁さんは近所の人に知られて白い目で見られ、子供二人連れて実家へ帰ったきりや。口ではおれを信じてると言うてたけど、あれから六年、離婚こそしてへんけど、おれは一人暮らしや。もう、どうでもええことや」

「犯人と思われてるのは辛くないんですか？」

　開き直る課長の気持ちが解らない。

「何十年も死刑囚で拘置されてる人もおるんや、と自分に言い聞かして、六年間組織に従ってきた。今更名誉挽回《ばんかい》をしようとも思わんし、もう疲れた」

「西部さんは小野寺を殺人者にしたくないんで、課長と小野寺を会わした方がええと言うてます。会ってやってくれますか？」

「いつでも会う。そのとき、おれのタマ、欲しかったらやる、と伝えといてくれ」課長は覇気のない笑いを浮かべて言った。

根尾はその笑いの中に真実がある気がしないこともなかった。

「日時と場所が決まったら、会ってやってください」

以前と違う立ち位置にいる自分自身が解らなくなった。取調室から出ると、刑事たちが興味津々でこちらに目を向けた。課長は真実であろうがなかろうが、妻子に逃げられたあげくこんな視線に六年間もさらされてきたのだ。

根尾は自分もそんな視線の一人だったのかと思う反面、この期に及んでも、課長が真犯人かもしれないという気持ちが自分を救っていることに気がついた。

神ではない人間には、真実を知り得る限度がある。限界いっぱい捜査すればそれでいいのだというう気持ちを刑事は誇りとしている。しかし反面それを甘えにし、逃げ口上にしていることも事実だ。

自席に戻った根尾は西部に電話をした。

「長谷川課長は、いつでも会うと言っています」

「それは良かった。小野寺に長谷川に会えばどうかと言いましたら、最初はしぶっていましたが、最後には会うと言いました。いい結果の出ることを願うばかりです」

「詳しいことは、お会いしたとき言いますが、課長は痴漢をしていないと言うのです。私は課長の言葉にウソはないような気がしました。自殺した母娘が、小野寺の妻と子供だったことや、そのために小野寺が課長のタマを狙っていることを伝えても、『いつでも、殺されてやる』と言うだけで、『もう疲れた』と何度も言っていました」

「私のことは何か言っていましたか」西部は言った。

「最後まで信用してくれなかった。辞職することになったのは仕返しをしたつもりだ、と言っていました」

　受話器を通して、西部の息づかいがわずかに聞こえた。

「それなら、私は誤認逮捕したことになりますね。長谷川がやったことに間違いはないと確信していますが、今の私にもどうでもいいことかもしれません。小野寺がどう出るかの方が心配です。長谷川がやっていないのなら、よけいに小野寺に過ちを犯させてはなりません」西部は一息ついて、続けて言った。「二人を会わせるより先に、私と一緒に係長さんが小野寺に会ってくださって、長谷川のことを話してやってくれませんか」

「それでもいいですが。四人が集まったところで、課長を目の前にして互いに話した方が、真実が分かるような気がするのですが、どんなもんでしょう？……今回四人が集まれば、誤認逮捕した者とされた者が二組集まることになりますね。おかしなことです」

「そうしましょう」西部は応じた。

「会うのは一刻も早い方がいいでしょう。場所ですが、小野寺はその折にでも隙《すき》があればタマを取ってやろうと思っているはずですから、過ちを犯させないためには喫茶店なんかより、大部屋の取調室の方がいいと思うんです。狭いですが四人入れますので」

　西部の予定していることもあるだろうと思ったが、根尾は自分の考えを先に言った。

「それがいいですね。いろいろ私なりに考えてみたのですが、適当な場所がみつからなくて困っていたところでした。そこなら道具を持っても行かないでしょう」

　今日の午後三時ということで電話を切った。課長にそのことを伝えると、またしても躊躇なく了解した。

　綾部署長に、改めて今までのことを伝えた上で今日のことを言った。満足そうに聞き、怪我をしない

ようにと言った後、

「私から、係長に言うことは、何もないわ。任せるよ」と言った。

「勝負はこれからです」

昼食にはまだ早いがじっとしていられず、香芝にも声を掛けず、いつものうどん屋へ行った。店主が何か言ったようだが耳には入らず、カレーうどんが運ばれてきた。カレーうどんを注文した記憶もなく、味も分からなかった。

午後三時になった。

課長は自席にいる。西部と小野寺はまだやってこない。根尾は小野寺が何と言おうが、所持品検査をあらかじめしておこうと思った。香芝には再度、見守っているようにとだけ言った。

大部屋のドアが開いて、西部と小野寺が姿を現した。

根尾は立ち上がり、課長に目をやった。課長も二人に目をやっているが、立ち上がろうとしない。腹の据わった人間というより、異常な人間の姿を感じた。

根尾は課長席に行って、「呼びに来ますから待っていてください」と言った後、西部と小野寺を取調室に案内した。

パイプ椅子を二脚持ち込み、机を取り巻いた。タバコのヤニと埃《ほこり》が、鉄格子の付いた窓や壁、蛍光灯にこびりついている。窓を開けておいたが消える臭いではない。刑事と被疑者の戦いの跡だ。ヤニには、両者の怨念《おんねん》がこもっている。壁にもたれて上衣についてしまったヤニは、洗濯すればするほどどす黒くなる。

二人にパイプ椅子に座るように言った。

「あんたが西部社長を信頼してるように、私も西部社長を信頼している。ここへ来たわけは聞いたやろ。念のため調べるで」根尾は小野寺に言った。

小野寺は立ち上がって素直に服装検査に応じた。根尾は、念入りに調べた。足首まで調べ、股間《こかん》に手をやったときだ。小野寺が大きく尻を引いた。根尾はかまわず手を突っ込んだ。そこには、拳銃らしいものがある。ズボンを下ろすと、ニューナンブがガムテープで太ももの内側に張り付けられてあった。ニューナンブを力一杯剝がし取った。小野寺が悲鳴を上げるのと同時に、西部の拳《こぶし》が小野寺の頰に飛んだ。小野寺はズボンを下ろしたまま床に尻餅《しりもち》をついた。

「おまえは、おれに恥をかかせるんか！」怒鳴る西部は、なお拳を食らわせた。

「すいません」何度も小野寺は謝った。

根尾はニューナンブを西部に渡し、黙って首を横に振った。

西部は、ニューナンブを拝み取った。根尾が首を横に振ったことから、拳銃不法所持で小野寺を逮捕しないことを、西部は読み取っている。小野寺は床に座ったまま頭を垂れた。

「長谷川を呼んできますから」

根尾は何もなかったように取調室を出た。課長は、こちらへやってくるところだった。

「お願いします」と根尾は言った。

「気にせんでええ」課長は軽く応えた。

取調室に入ると、西部と小野寺も何事もなかったようにパイプ椅子に座っていたが、二人は立ち上がって課長を正面から見据えた。課長も二人をじっと見た。

一触即発の雰囲気が、取調室に充満した。

「座りましょか」息苦しさを感じた根尾は言った。

進行役のようになってしまったことは仕方ない。

「端的に言いますけど」根尾は、間髪入れず話し始めた。「長谷川課長が六年前に痴漢行為をしたことで、被害者とその母親が自殺した件ですけれど、課長は痴漢なんかしてないと言っています。自殺した母娘の夫、父親は小野寺で、長谷川課長のタマを狙《ねろ》うてるらしいけど、それを断念させるのが今日集まった目的なんです」

痴漢事件取り調べのいきさつについては西部が一番よく知っており、当然小野寺も知っているはずなので言わなかった。

根尾は、課長が犯人でないと思う理由を漠然と話した。勘が頼りなので納得のいく説明は出来ない。西部と小野寺の思いが、根尾のつたない説明で払拭《ふっしょく》されるはずもない。

「そこまで思てる人間が、もうすぐ警視になるらしいけど、そんなことは考えられんわ。六年前に、おれがヤクザと取り引きしてると言うたんはどう説明するんや」西部は課長を睨んで、言葉を荒らげた。「あんたが真犯人やないんやったら、あのときに何でもっと説明せんかったんや。おれはあんたが犯人やと確信してたことは解ってたやろ」

課長は頷いて、「もっともや」とだけ言った。

「そんなことでは疑いは晴れませんよ。詳しく説明しないと」根尾は課長に言った。

課長は、「もっともや」と同じことを繰り返した。

小野寺は、そんな課長を上目づかいに睨んで口をへの字に曲げている。ときおり奥歯がギシギシと音を立てている。

やがて課長はボソボソと独りごとのように言った。

「どう言うても、信じてもらえんかったんで、もうこのことは口にすまいと六年前に決心した。あんたらには解らんことやけど、言い出したら今でも自分の気がおかしくなるから、それやったら死んだ方がええ。冤罪で何十年も無実を訴えてる人がおるけど、おれみたいに思うて死んでいった人も仰山おるはずや。人それぞれの運命やと思う……。警視みたいな階級に価値は感じてへん。ならんでもええ。小野寺、おれを殺したかったら殺せよ」

言い終わったときだ。

西部は上衣のポケットから小野寺の持っていたニューナンブM60を取り出し、

「よし、わしが撃ち殺したる！」と言って立ち上がった。

顔面を真っ赤にし、銃口を課長の額に強く押し付けて撃鉄を上げた。課長の頭部が後ろへ大きくのけぞり、ヤニと埃の付いた壁に後頭部が音を立ててぶち当たった。

「西部さん、止めなさい！」根尾は叫んだ。

「社長、止めてください。やるんやったらおれがやります！」と小野寺は言って、ニューナンブを持つ西部の右腕を抱きかかえにいった。西部は小野寺を突き飛ばし、銃口を震わせた。

「これが最後や、長谷川、何か言い残すことはないか！」西部は言った。

「早《は》よ、撃ってくれ。これで楽になる」課長は顔色を変えることもなく、座ったままの同じ姿勢で静かに言った。

根尾は課長の態度を見て、自分の判断が正しいと思った。同時に、西部に間違いを犯させてはならないと強く思った。

「西部さん、止めなさい！　約束が違う」

根尾がそう言ったとき、ニューナンブが長谷川課長の額から離れていくのが目に入った。西部はニューナンブを上衣のポケットにしまった。

取調室を沈黙が支配した。

「長谷川さんはやってない」と西部はポツリと言った。「小野寺、間違いを犯さんで良かった。係長さんに礼を言うとけ」

西部は自分自身に言い聞かせるように言った。

「ヨメハンと娘は帰ってきまへん」と小野寺は半泣きで言った。「亭主らしいことも、親らしいことも、何一つしてやらんかった。二人が死んだんは、わしのせいや」

「悲しみを、いつまでも言うな」西部は小野寺に諭《さと》すように言った。

「私の誤認逮捕でした。どうか許してください」西部は長谷川の方に向きなおって頭を下げた。

「撃ち殺してくれてもよかったのに」と長谷川は言

った。「——もうええか。出ていくで」

長谷川課長は取調室から出ていった。

刑事当直中の小野寺に対する誤認逮捕から六年前までさかのぼった誤認逮捕、根尾は刑事の仕事の困難さと重要さを改めて思い知った。冤罪事件は、刑事自身の思想とか人生観とかに関わってくる避けては通れない巨大な山塊だった。

無実の人間に死刑と判決を下して、何年も拘束したあげく死刑を執行する。あるいは無期懲役と判決を下して、何十年も拘束して刑務所で死を迎えさせる。それほどの重罪でなくても無実の人間を何年間も拘束しておくことなど、一体これはどういうことなのか、何か特別な意味でもあるのだろうか。運命で済ませられることなのか。

許されないことだとか、あってはならないことだとか、綺麗事《きれいごと》はどこまでも言うことが出来る。際限なく言ったところで、済んでしまったことだから取り返しがつかない。取り返しがつかないことを、良いことにしているのではないか。

取り返せないのなら今後の判断材料にしたい。全知全能の神がいて判決してくれるのならベストだが、そんな神はいないので人間は一歩一歩前進し、冤罪事件を一件でも少なくしたいと念願し努力する。

根尾はここまで考えて壁にぶつかり、前へ進めなかった。

今回の誤認逮捕を通して思うことが一つある。それは、冤罪事件によって得をする人間がいるということだ。誰なのか?

得をする人間は二人いる。一人は真犯人。もう一人は冤罪事件を生んだ人間。前者は作為がなければ悪《あく》ではないが、後者、これが問題なのだが、作為があるので悪そのものだ。後者は、現代社会に守られ、警察という最大の国家権力に守られて捜査活動をしている。つまり彼は絶対安全な所から犯人捜しをしているので、捕まえられなくても身に危険が及ぶことなどはない。

しかし犯人はいない……。彼は犯人を作った。まるで蠟《ろう》人形を作るように、精密に本物そっくりに……。

蠟人形にされた者は堪ったものではない。

警察という階級社会の一員で上位の階級に上がりたくない者はいない。一階級違えば何から何まで待遇が雲泥の差なのだから。

警察の威信にかけて……の犠牲者は例外なく社会的弱者だ。社会的強者が犯人とされた冤罪事件は皆無だといっても過言でない。

根尾は、取り調べの段階から最終判決まで一貫して否認し続けている人間は無実だと思う。

「被疑者の言っていることが真実だとわずかにでも思うようになれば刑事の負けだ。こいつが憎い犯人だから何が何でも自白させてやる、という覚悟が被疑者を自白に追い込む。その数が増えるにつれて刑事は成長するのだ」

先輩刑事、上司から、取り調べの基本的心構えを叩きこまれる。日本中の刑事が、刑事に成って最初に植えつけられる種だ。――伝統という種。

根尾は、この伝統と階級意識が冤罪事件を生んでいるという結論に至る。

蠟人形にされたままで亡くなった人は無数にいる。その人たちの無念さは計り知れない。人間に怨念などがあるのなら、刑事を呪《のろ》い殺すに決まっているが、呪い殺された刑事はいない。

そんな誤りを無くすために裁判があるのではないか。裁判官は刑事の恣《し》意的な取り調べ結果を証拠と認めてはならないはずだ。自白偏重の捜査活動などと言われるが、刑事に限ったことではなく裁判官も恣意的な裁判をしているのではないのか。司法権の独立などと偉そうなことを言っているが、国家権力者の一員にすぎないではないか。

しかし……、根尾は思う。

自分は警察官、刑事で暮らしを立てている。刑事を辞めれば食べてゆけない。警察組織がどうあろうと、その一員であることは否定できない。たとえ間違った種を植え付けられても、今のところ刑事として生きてゆくしか道はない。世間では、取調室の可視化の必要性が叫ばれ、自白偏重の捜査が非難されているが、世間の言うようにガラス張りの取調室になれば、真犯人が無実になる事件が続出する。否認し続ければ無罪になる可能性は高いのだから。根尾は自分が被疑者なら、絶対に否認し続けると思う。

　しかし……、根尾はなお思う。

　こうなれば、刑事個人の資質によるのではないかと。資質は遺伝と環境によって作られ、後者が半分以上を占めると言われている。それならやはり、警察階級社会という環境が冤罪事件を作っているというのか。階級社会は競争社会。競争することが悪いというのか。そうかもしれないと根尾は元に戻ってしまう。

　ひょっとすると、否、ひょっとしなくても大袈裟に言えば、日本の資本主義社会体制自体が行き詰まり、冤罪事件を生んでいるのかもしれない。

　現場の刑事は学者ではなく実務家だ。

　被疑者は刑事が出勤してくるのを、手ぐすね引いて待っている。そこに飛び込む犯罪捜査活動が刑事の仕事だ。目線を出来る限り低くして犯罪を観ることが実務家たる所以だ。

　根尾は香芝の力も借りないで、たった一人で一応の決着を見たことにほぼ満足した。

十

「耳に入れとかんでもいいんですけど、行ってもいいですか?」

根尾から連絡が入った。専用の携帯電話を教えてある。昼休み時間は誰も署長室に来ないので、来るのならこの時間がいいとも言ってある。

「いいよ」特に退屈なこの時間帯、綾部は即答した。何を耳に入れておきたいのか、新しい話を聞き込んだのに違いない、楽しみだ。

根尾は多額窃盗のことに関してはもちろん、脅迫状のことに関してもそれほど日数も要しないで重要な情報を得てくる。口には出さないが、綾部は根尾を優秀な刑事だと思う。女でありながらギャンブル依存症であることも普通ではなく、大学中退とはどういう理由からだろう。結婚もしないで六十を過ぎた両親と同居しているというのも、納得がいかない。

しかし、所詮どうでもいい他人のことだと綾部は我に返る。

堤はこの時間帯にも署長室前の衝立《ついたて》の中で、パイプ椅子に座り一人居る。めったに来ない客に茶を出すためだ。意識して見ないと、居ることに気づかない。それが仕事だと言えばそれまでだが、活発な堤なので不思議な思いがする。休憩時間だからどこかへ行って羽を伸ばせばいいじゃないか。自分なら、きっとそうする。

「ここに居なくていいから、ゆっくりしてきなさいよ」と綾部は以前、二、三度言ったことがあった。

「そんなわけにはいきません。こんなに楽、させてもらってますのに、バチが当たりますよ」堤はその都度、そんなことを言った。

こんなに楽をさせてもらってお金までもらっている、と感謝の気持ちを言っていたのに違いないが、いつもの父の不平不満の言葉と重なる。組織への父の持つ鬱憤と堤の持つ感謝は同じ臭いがする。いずれも組織の横暴の被害者だと綾部は思う。

ノックの音がし、根尾は香芝を連れて入ってきた。綾部はソファで待っていて、向かいのソファに座るよう手で示した。二人は軽く頭を下げて座った。

今日の根尾は、さすが女刑事係長と思わせるほど風貌《ふうぼう》がちゃんとしている。たまにだが、いつもの薄化粧もしないで、顔すら洗っていなくて、どうしたんだと思うほど荒んだ感じを受けるときがある。綾部は自分とは関係のないことなので何も言わないが、前日パチンコで大負けしたのだろうと、そんなとき思ったりする。

「ご苦労さま」綾部は背筋を伸ばして言った。「小野寺の件は、その後どう？」

「何も言ってきませんから、こっちからは言ってません。小野寺も西部も納得はしていませんので、一応の決着がついたとは思っていません。何かあるような気がしますが、こちらから手を打つこともありませんので」と根尾は言った。香芝はただじっと聞いている。

「長谷川課長はどうしてるの？」

「以前と少しも変わりません。理解に苦しむ不気味な人だと思います」

綾部は根尾の口から、不気味な人、という言葉が出たのがおかしかった。

「耳に入れなくてもいいことって、何？」綾部は本題に入った。

「例の会計から八千五百万盗られた事件のことですけど、今のところ、刑事課長と警備課長が中心になって、総務課長と公安係長、手足になって動くのが公安係員の福留《ふくどめ》と柔道の倉谷《くらたに》先生です。何よりビックリしたのは、副署長がトップですよ。総勢七人、これ以上増えないと思っています」

綾部は鵜呑《うの》みにしてはいけないと思うが、予想していたこととはいえ、さすがに情けない。ワルのグループもきっちり階級制になっているのが、あまりにも組織的だ。

「香芝君は、福留と同期で友人なんですわ。一月中頃の大雪の日に、二人で飲みに行ったらしぃです。香芝君の方からは一切仕事のことは話さないのに、福留の方から『八千五百万の件はどうなってるんや』と聞いてきたらしいです。……続きは、香芝君から話しなさい。大事なところやから、詳しく話するんやで」と根尾は香芝を見て言った。

ここに来た目的のようだ。はい、と返事をした香芝は続きを話した。

「福留から急にそんなこと聞かれましたんで、私は、『おれは知らん。誰もこの事件を担当してないみたいで、大部屋でも話題にならん。ならんというより話題にせんようにしてるみたいや。どっちにしても警察の恥やからなぁ』と言うたんです。福留は酒癖《さけぐせ》が悪いんですけど、深酒したときだけでして、その日はそれほど飲んでないのに『おれは犯人、知ってるんや』と、周りの人がこっちを見るぐらい大きな声で言うたんです。私はビックリしまして、これはまずい、と思ってすぐに別の店に行きました。大事なことを聞けると思ったんです」

その後香芝は、順を追って福留の言ったことを話した。

「福留の当直責任者は、長谷川刑事課長なんです。福留は警備課ですから事件処理はしないで、本署の一階で受付勤務をするんです。深夜は、二人で三時間勤務するんですけど別に何もすることなく、座って本でも見てるだけで、相勤者《あいきんしゃ》は交通課の主任で来年定年退職する人でして、いっつもウトウトしているらしいです。

問題の当直日も福留はその相勤者と二人で、深夜の午前三時頃、本署一階のいつもの場所で受付勤務をしていました。一階廊下の端《はし》の暗くなった所に会計係室はありまして、福留が座る席からは何も見えないのですが、会計係員で今晩の当直員はいないのに、誰かいるような気がしてならなかったらしいです。相勤者は相変わらず居眠りしています。心配なので見に行きたいが、気のせいのような気もする。しかし遂に福留は見に行ったんです」

綾部は頷いて、思わず身を乗り出した。

「福留は会計係室に近づくにつれ、誰かいるような気が強くなってくるので、足音を忍ばせそっとドアを開けたんです。……暗闇《くらやみ》に慣れた目に、扉の開いた金庫の前で、誰かが新聞紙に包んだものを、大きなずだ袋に詰めているのが見えたと言いました。──なんとそれは、長谷川刑事課長だったんです。課長は全部詰め込んだ後で、大金庫の鍵を手提げ金庫の中に入れました。

それから福留は、相勤者が机に俯《うつぶ》せになって寝てる姿を確認してから、『課長、何してますのん』と言うたらしいです。ビックリし過ぎた刑事課長は腰を抜かしたように、『あ、あ、あ、あ──』と言うだけで言葉になりません。福留は、『大きな声出したら、起きますよ』と相勤者を指差して言うたんです。そしたら刑事課長が死神のような顔をして、『もし喋ったら、おまえを殺しておれも死ぬ』と脅してきたらしいです。その顔が恐ろしくて、それ以来、一睡も出来んらしいです」

「…………」

「死神は気の毒なぐらい慌て、ブルブル震えながらやっと『出よか。刑事課へ行こか』と蚊の鳴くような声で言いました。福留は相勤者を起こしてから、刑事課長と一緒に刑事課へ行きました。課長はその足で取調室に入ったんです。それからクドクドと長いこと話したことは、要は署長の指示でやったということです。

福留は署長がそんな指示するはずがないと信じていましたので、『ウソをつかないでください。課長一人の意思でしょう』と言いました。そしたら、いろいろ弁解した後、福留を睨みつけたまま口をつぐんでガックリきたらしいです。いつもの課長からは考えられない態度やったらしいです。福留は怖くて逃げ出したらしいです。

翌日の夕刊にはご存じのとおり、被害にあったと正直な発表でしたが、その後三日も経ったら、被害にあったと繰り返すだけで、それっきり報道は終わってしまいました。犯人の〝は〟の字も言うてません。福留は、『初めておまえに喋って、死神に殺されてもええ心構えが出来た』と私に言いました」

香芝は話し終えた。安堵感が漂っている。

「言い忘れてましたけど、会計係室にある大金庫の開け方なんですけど。会計係長の引き出しの中に入ってる鍵で、別の引き出しに入ってる手提げ金庫を開けます。手提げ金庫の中に大金庫の鍵が入っているんです。番号は合わせてビニールテープで固定しています。番号を忘れてしまうかららしいです。要は鍵さえあれば中の物は盗れます。執務時間外、鍵は当直責任者が預かっているんです」

「それで……」

「その翌日、福留は警備課長に呼ばれて、『昨夜のことは誰にも言うな。今年昇任さしたるから言うたとおりにせえ』と言われたらしいです」香芝は言い足した。

綾部は香芝の話を聞き終えて疲れた。

署長の指示、とは何ということを言うのか。刑事課長にうさん臭さや不可解なものを感じていたが、そんなものどころではなく実行者だったという。発生報告に来たときの不自然な言動が思い出された。当然の言動だったが、よく来たものだと思う。

「ごくろうさま。二人が専従員になって一週間ほど過ぎた頃、八千五百万が置いてある所に案内すると言ったのは、あのときすでに大方分かっていたの？」綾部はやっとの思いで尋ねた。

「あの時点では、金の在り処《あか》と柔道の先生だけ分かっていました」根尾が応えた。「倉谷先生は体も大きくて柔道も強いくせに、気の小さいビビりで、試合になったらよく負けていたそうです。大部屋に来たこともないのに私の席の傍に頻繁に来ますので、何かあるなと思って、何気なく何度も聞いてみたんです。先生は、やっとそれらしいことを言いました。『刑務所行きたいんでしたら、黙っていていいんですけど』と一か八か脅かしてやったんです。そしたら先生、『八千五百万、おれの部屋の試合用の柔道着の下に隠してあるんや』と聞きもせんこと言うんですよ。もうビックリしました。すぐに見に行きましたら実際ありました。

私は、『大変なことですね。誰に頼まれたんか言わなかったら留置場に入れられますよ』と言ってやりました。そしたら『おれが盗ったんと違う。総務課長に言われて、隠してるだけや』と言いました。先生は上司の総務課長に言われて断れんかったと言ってました」

二人は今日まで、七人の裏取り（犯行事実の確認）と同時に他に共犯者はいないかを調べていた。結果、七人と確証を得たので報告に来たと言った。

十一

「七人全部逮捕しますか？　逮捕令状は取れると思いますけど」根尾は黙っている綾部に苛々した様子で尋ねた。

「留置場が、被疑者警察官で一杯になるなぁ。恰好の悪い話だね。八千五百万は大丈夫？」

綾部としてはノンキャリアの、というより刑事課長個人の横暴さは腹に据えかねる。

ここまでくれば、署長としての管理責任を問われかねない。お昼のワイドショウを賑《にぎ》わせるのに最適の材料だし、警察組織がもっとも怖《おそ》れる信用失墜行為の最たるものになる。キャリアの署長になったから、こんなことになったと言われかねない。本末転倒もいいところだ。

上手く処理しないと、上層部は世間に自分を生贄《いけにえ》として差し出して、風評を鎮火させようとするかもしれない。

綾部は、いくら公安課長が口上手く言ってくれたところで、キャリアとして生き残るための分水嶺《ぶんすいれい》かもしれないなと思った。

「大丈夫、ありますよ。なかったら大変です」根尾はそんな綾部の気持ちを理解したように力強く言った。

根尾の言葉に背中を押され、綾部はぜひ見ておく必要があると思い、案内させた。八千五百万は柔道場横にある鍵のかかる倉庫の中、試合用の柔道着が入った段ボール箱が三段に積み重ねられてあり、一番下の箱の中に隠されていた。大柄でヌボッとした如何にも柔道の先生らしい倉谷が、段ボール箱を軽々と床に下ろし、一番下の箱を緊張した様子で恐る恐る開けた。

きれいに洗濯されて畳まれた柔道着が三着ぐらい入っている。倉谷は柔道着を全部取り出した。底には、一万円札の束《たば》が見事に二列に並べられてあった。底の下には札束を保護するようにきれいな柔道着が敷かれている。新札なら重ねて八十五センチ、使用された札だから二列合わせて一メートル足らずに見える。

　初めて目にする量の多さは予想外だ。三億なら新札で三メートルもある。この隠し方なら、ここにある段ボール三箱全部を使っても入らない。綾部は、自分は大金持ちだと思った。疲れも取れてくる。綾部は何でも買える、何にでも成れるという思いを改めて強く抱き、疲れた頭に春風が吹きこんでくるような気がした。

　倉谷の青くなった顔色が小刻みに震え、こちらをチラチラと盗み見ている。八千五百万を見るより、七人を代表しているような倉谷の顔を見ている方が面白い。

　署長室に戻った。

「間違いなさそうね」綾部はソファに身を沈めた。二人は遠慮なく腰を下ろした。

「どうされますの？　早くしないと、課長連中に金を持っていかれますよ」

　根尾はそう言い残し、香芝を連れて間もなく退室した。

　本庁からの指示が変更されて、報道発表されることはまずない。警察が何かを隠蔽《いんぺい》している、とマスコミに、あるいは世間に勘繰られるからだ。七人は必ず処分するが、根尾の言うように現金をどうするかだ。この署に〝貯金〟しておくのは可能だが面白くない。

　綾部は万が一、自分が世間に生贄として差し出されたり、風評の鎮火に利用されたら、たまらないと痛感する。

　〝貯金〟とは、使途不明金を貯めておくことだ。組織には秘密捜査費などといって、領収書の要らない金の使途について、世間に知られては困ることが多い。捜査協力者の保護のため氏名などを明かさないなどを保秘の口実にするが、実際に使う秘密捜査費は十パーセントにも満たない。九十パーセントは、組織のため、己らのために使っている。その最たる資金が〝貯金〟だ。〝貯金〟は闇《やみ》の金。例えば、「一生面倒をみてやるから、黙って辞めてくれ」という口止め料などである。

そこで、チャンスと見れば金をプールしておく必要があり、その額が組織を巨大化していく。署員の諸手当を減らすとか、警備弁当を水増し請求するとかはもとより、企業や風俗営業店などからの寄付など、どこから貯金を集めるかは、主に警備課長、生活安全課長、会計課長の腕の見せどころであり、出世の判断基準になる。

彼らは所詮ノンキャリアであるのに、何故《なぜ》ここまでするのか。

綾部は熟慮の末、七人全員を逮捕し、地元警察署ぐるみの犯行であることを暴露してはどうか、現金八千五百万は証拠品として戻される正規の手続きを取ってはどうかと判断し、その旨を本庁に意見具申した。

犯行の動機は、キャリアに警察署長席を奪われることだ。大阪に限らず、警察署長席には全国津々浦々、ほぼノンキャリアが座ってきた。地元は地元でということが、彼らにとってプライドであり、最後の砦《とりで》としていた。それが約二年前に前触れもなく、大阪の少し多忙で規模が大きい、ここ黒川警察署にキャリアがやってきた。それも三十八歳、階級は同じ警視正の女性だったのだ。

危機感を持ったノンキャリアのエリートたちは、機会を作り相談したのだろう。

キャリアの署長ではこんな不祥事が起きる、やっぱり地元は地元で、と世間に思い知らせてやれと悪《わる》巧《だく》みを企てたに違いない。

しかし綾部としては、反対にキャリアが署長になったからこそ、こんな膿《うみ》を出すことも出来たと社会に知らしめたい。報道発表の仕方によっては充分可能だと、綾部は本庁への意見具申を続けた。

折り返し公安課長から、「君の思うとおりしていい。君の頭の良さと働きは大したものだ」と電話が掛かった。

綾部は宝くじ三億が当たったときと同じ気持ちになった。

根尾と香芝を署長室に呼んだ。

七人を逮捕して報道発表することを伝えた。府警本部の捜査三課に捜査本部を設置させ、事件処理に当たらせるとも言った。事件を大きく取り上げることがまず重要だ。

綾部は根尾と香芝はもちろんノンキャリアで、しかもその末端にいる現場の人間だと知った上でもなお、その意見を聞きたかった。

「倉谷先生と福留君は堪忍してやってもらえませんか」黙って聞いていた根尾は言った。「私らを友だちと思えばこそ喋ってくれたことでして、もし逮捕されるようなことになったら、彼らを裏切ったことになりますので今後の捜査に響いてきます。厳密には共犯に違いありませんけど、逮捕までする必要はないと思うんですけど」根尾は言った。

「辛いことだろうけど、彼らは警察官でありながら窃盗犯罪者でもある。でも、考えておくわ」

「二人は上から言われて断れず仕方なくやっただけです。お願いしますから、許してやってください。倉谷先生なんか柔道しか知らない柔道バカなんです」根尾は頭を深く下げた。

「福留は横着者のくせに若くして警備課に入りましたんで、先輩、上司に嫌われているんです。確かに酒癖も悪いんですが、それもオーバーに言われています。根は正直者で、いい奴なんです」香芝も言った。

「福留と倉谷がいないと下働きする者がいないことになる。組織ぐるみの犯行に矛盾点が生まれるよ」

「矛盾点にはなるでしょうが、逮捕までしなくてもいいと思うのです。二人を抜いた方が令状が出やすいのは確かです」

「抜いてもいいよ」綾部はあっさり引き下がった。

「よろしくおねがいします」二人は深々と頭を下げた。

　根尾と香芝はドアに向かった。根尾はノブに掛けようとする手を引っ込めて、思い出したように振り返った。そして、刑事コロンボのように言った。

「この前、そこの商店街を歩いてましたらね。宝くじ売り場の歳とったおばさんが、この売り場で一等三億が出た言うんです。見たら、〝ここから一等、出ました〟と書いた大きな旗が揚がってました。『サングラス掛けたベッピンさんが来はったんや。そのとき、売れた宝くじが一等前後賞合わせて三億やったんや』と言ったんです。まさか署長さんやないでしょうね。おばさんの思い違いでしょう。そんなこと解るわけありませんし。物忘れもひどくなってきてるらしいですけど、金勘定だけは間違えんらしいから、まだ辞めさされんとおるらしいです。自分でそう言うてました」

「まさか、宝くじ三億なんか当たるわけないでしょう」綾部は予期しない根尾の言葉に心臓が激しく打ち始め、声が震えた。「私がここの署長だってこと、宝くじ売り場のおばさんが知ってるわけもないでしょう。バカなこと言わないで」

「それはどうですか。あのおばさんらの目線は地べたを這《は》っていますんで……。私らとも違いますからねぇ。まして署長さんの目線とは、全く違うと思いますよ」根尾は、綾部の声の震えに気づいていないように応えた。

「物忘れがひどいのなら、そんなこと解るわけないでしょう」綾部は声の震えを抑えて言ったつもりだが、少しも治まっていないのを後悔した。

「調べときましょうか？　そんなデマ流されたら、私らも仕事が増えますから」

「そうして」綾部は極めて小さい声で呟《つぶや》いた。

　七人全員を逮捕することから話は始まり、二人は倉谷と福留を許してやってくれと頼んだのだ。そして、了解したつもりだ。その後、根尾は宝くじ売り場のおばさんの話を始めたのはどうしてなのか……。

根尾に何の意図があったのだろう。意図なんてなかったのだろうか？　綾部は思いを巡らせた。

十二

今朝も、堤京子が「おはようございます」と言って署長室に入ってきた。慣れた様子で室内を横切り、軽く頭を下げて盆に載せた湯呑を綾部の机上に置いた。その後、「サンドイッチ、置いときます」とニッコリ笑って言った。

堤は朝会時、課長用に緑茶のペットボトルをテーブル上に並べるが、綾部は、今朝は来客用のホット・コーヒーにするように言った。堤は疑問の色も見せないで、はいと言って早速ホット・コーヒーの準備にかかった。綾部はパソコンのメールに目を戻した。

次々に入ってくる課長たちは、ソファの決まった位置に座り、隣席の課長か課長補佐と小声で話し合っている。

八千五百万窃盗事件犯人の三人の課長も、普段どおりで変わりはない。もっとも普段と変わらないのは副署長だ。副署長席は署長席の斜め前にあり、直近になる。副署長としての自覚と威厳《いげん》なのだろうか、自分から課長に話しかけたりしないし、課長も話しかけない。階級的に本事件の主犯に当たる副署長のこのふてぶてしい態度は、知らぬ間に身に付いたものだろう。本人には防ぎ切れない、脳からの指示に対する肉体の服従表現だ。

　刑事課長は、〝署長の懐刀〟という言葉が好きなようだ。どちらかというと副署長に近い態度で、足を広げてソファに踏《ふ》ん反《ぞ》り返《かえ》っている。他の課長や課長補佐も煙たいのか嫌いなのか、話しかけない。

　この横着極まりない男が、警備課係員の福留ごときに犯行現場を目撃されて、ウーウーウーと、悲鳴を上げていたとは愉快でならない。きっと小便も漏らしていたことだろう。「署長の指示でやった」と苦しまぎれにしろ言ったことは、綾部は許せない奴だと心に決めている。綾部は席に着くなり八千五百万窃盗事件を口にし、刑事課長に、「おまえが犯人だ」と怒鳴ってやりたい。福留から聞いたとも言ってやりたい。さぞ気持ちいいだろう。

　この四人の態度を観る限り、今のところ根尾と香芝は裏切っていないと綾部は思った。署長は犯人を知っている、と根尾か香芝から四人の耳に入っていれば、四人の様子は必ず今までとは違うはずだ。ホット・コーヒーはそのときのキッカケにしたかったのだ。

　お調子者の交通課長が、「署長、コーヒーありがとうございます。何かいいことあったんですか？」と笑顔で言う。

「いいことが続いてね」と綾部は言って、四人の犯人たちの顔にそれとなく目をやった。

　四人はいつもと同じように、それぞれの表情でホット・コーヒーに口を付けている。

　副署長が、「朝会を始めます」と口を切って朝会が始まった。「昨夜の当直責任者の生活安全課長から報告頼みます」

最初に、昨夜の当直責任者が、当直中の取り扱い事件事故とそれに対する措置を署長に報告する。

すべてが署長への報告という形でなされる。どこの課に直接関連あるのか、敢えて言えば、どの課にも関連はあるので各課長は耳を立てて聞いている。朝会を行う意味の九十パーセントはここにある。

つまり、この報告の良《よ》し悪《あ》しが各課長に対する署長の評価に大きく関わるのだ。署長の評価が悪ければ栄転はない。

当直責任者は各課長が当たり、不足のときは古手の課長補佐が当たる。事件事故の取り扱いを、上手く処理できるかどうかは各課長に対する評価につながるのは当然のことだし、〝当直責任者は夜の署長〟と言われている所以である。が、実質的には朝会での報告なのだ。後日に問題を残さず、上手く処理できたかどうかよりも報告要領つまり、署長を安心させたかどうかなのである。署長に不安を抱かせる報告はダメなのだ。

綾部は着任当初、警察署の各課長とはこうも事件事故の取り扱いに優れているものなのか、と感心させられ、一睡もしないのによく体がもつものだと強靱《きょうじん》な体力にも驚かされた。しかし一ヵ月も経たないうちに、そうではないことが解った。綾部はそれなりに浮かんでくる常識的な疑問をぶつけた。返ってくる反応はいつも同じようなものだった。

――やってみましたが無理でした――、そればかりだった。

事件事故処理をしているのは、当直責任者以外の現場の者なのだ。当直責任者は余程でない限り、現場へも行かず、重要事件が発生してたとえ現場へ行ったとしても、一切口出しせず見ているだけだ。知識もなければ度胸もないので、口出しするどころではなく、単なる飾り物にすぎない。事件事故の発生、処理の報告を当直員から聞き、それを自分なりに上手くアレンジして署長へ報告することが、当直責任者の仕事になっているのが現実だ。一歩踏み込んだことを聞かれれば答えられないし、後日、紛議が起こらないのも現場の刑事の力なのである。

〝刑事課長は署長の懐刀〟と言われるのは、他の課長に比べての話であって、刑事課長が事件のことをよく知っていて判断に間違いはないという意味ではない。

今朝も同じことを繰り返しているにすぎない。生活安全課長は、自分がすべてを処理したようなことを言っている。

「あなたは現場へ行ったの？」綾部は嫌われることも、行っていないのも承知で尋ねる。

「い、いいえ、そのときは丁度他の件が入ってきましたので、行けませんでした」

「どの件が入ったの？」入っていないのは分かっている。

「どの件でしたかねぇ」生活安全課長は、目の玉をキョロキョロさせて独りごとのように呟いた。

生活安全課長は自分のノートと当直日誌を見比べながら、困った振りをしている。

「もういいよ」

綾部は冷たく言い放ち、四人の多額窃盗犯たちに目をやった。四人は素知らぬ顔をして余所《よそ》見《み》している。

当直報告が終わると、各課長から今日は何を重点に活動するかが報告される。保育園じゃあるまいし。綾部は今でも吹き出しそうになるが、各課長は大真面目だ。

綾部はそんな四人の変わらぬ態度が見たかった。根尾と香芝に間違いはないと信じていながらも確認したかった。

「ホット・コーヒーを美味《おい》しそうに飲んでいたね」

課長たちが出ていった後、堤と二人になった綾部は冷たくなったコーヒーを口にしながら言った。

「コーヒーの量が分かりませんでしたので不安でし

た。皆様、美味しそうに飲んでおられるので、ホッとしました。少しも残っていませんよ」堤はコーヒーカップを片づけながら応えた。

綾部は意味が違うと思いながらも、「美味しかったわ、さすがだね」と言って微笑んだ。

「変なこと聞くんですけど、どうして今朝はホット・コーヒーにされたんですか？」堤は聞きたかったことのようだ。

「コーヒーは悪魔の飲み物、って言うでしょう。ウソをつかないように、本音が出るように、魔法をかけてやったの。あなたもご主人に魔法をかけるでしょう？」と綾部は言った。

「そんなことしませんよ。署長さんって、魔法もかけるんですか？」堤は真剣に言った。

「信じている者が裏切っていなかったと解れば、こちらが、申し訳ないことをした気になるわね。今そんな気持ちなの」

「署長さんは、部下を信じておられるのですね」堤はそう言って、コーヒーカップを流し台の方に持っていった。

引き続いて朝礼になる。今朝は屋上でやると言っていたので、綾部は屋上へ急いだ。

朝礼の場所は適宜変わるので、毎朝マイク放送される。着任数ヵ月間はよく間違った。行ってみれば誰もいないので、署長室へ戻ってきた。

「どうされたんですか」と総務課長は尋ねたが、彼は腹の中で笑っていたのに違いない。

朝礼を終えて署長室に戻ると、十時のサンドイッチまですることがない。最近、昼食を抜くことが多くなった。

夕食は、部外者からの接待も多いが、署長公舎で摂るときは堤が夕食を運んで来てくれる。食費や家賃は支払ったことがない。キャリアは本庁で、食費や家賃は低額だが支払っている。警察署長は、生活費や交際費などをほとんど使っていないことから計算すると、自由になる金はキャリアの平均を上回っているに違いない。

何年も署長をして定年退職するノンキャリアのエリートたちは巨額の退職金の他に、一財産も二財産も作って辞める。その後、都道府県警察独自で開拓し、確保した天下り先に順次天下っている。どこまで貪欲《どんよく》に金儲《かねもう》けをすれば気が済むのだろう。呆《あき》れ返《かえ》る。

何とかと警察署長は三日やったらやめられん、というコトワザが大阪では昔からあるらしいが、何とかは現代社会で言えばホームレスだろう。彼らのほとんどはホームレスになりたくてなったのではなく、仕事がなくて仕方なくなったのだ。だから早くホームレスをやめたいと思っている。いつまでも辞めたくない警察署長と一緒にされたのでは、彼らはきっと怒る。

綾部にキャリア警察官になることを勧めたのは父親だった。綾部が大学進学の頃、父は同年配で署長になった人のことで、

「仕事のせん、ゴマスリばっかり階級は上がりよる。昇任試験なんか形だけや」といつも愚痴っていた。

短気な父をなだめようと、母は父の前に座って大きく頷いてばかりいた。父はさぞ悔しい思いをしたことだろうが、聞かされていた母の辛さの方がよく理解できる。

「おまえはキャリアの婦人警察官になれ。警察のエライさんほどええもんはない。どんな汚いことをしてでも、階級が上になったらそれで勝ちや。キャリアは警察官になった時点で、警部補やからな」

父は娘に口癖《くちぐせ》のように言い、涙を流すことさえあった。

綾部は大学受験の段階で、キャリア警察官になって父の悔しさを晴らしてやろう、と思った。好きでもない父だったが、とても不憫《ふびん》に思えた。

そんな父も退職後は現役中の不利益を取り戻すようにのんびりしている。今では交通死亡事故を起こ

してもノホホンとしていられる身分ではないか。誰のおかげだと言いたい。キャリア警察官になった娘のおかげだし、ひいては本庁の上司が抜かりなく処理してくれたおかげだと、言ってやりたい。

綾部は三億から賠償金を支払うことを覚悟していた。がそうはならず、三億は少しも減っていないことは口に出来ないが、本庁には感謝しても感謝しきれない。

公安課長から電話があった。大阪に来て二年近くなるが、二回目の電話だ。一回目は着任早々の様子見だった。綾部は父のことで何かあったのかと不安な気持ちで受話器を持った。

「お元気ですか？　署長の仕事はどうですか？」

公安課長の以前同様の優しい口調に、不安感はほとんどなくなった。

「おかげさまで、機嫌よくやっています。……父のことで何か問題でも起こったのですか？」と綾部は愛想程度に尋ねた。

「別に用はないんだけど、日帰りでもいいから、顔を見せなさいよ。局長も心配しておられたから」公安課長は綾部が尋ねたことに応えないで、そう言った。

局長が何を心配しているというのか。何も心配していなければ、公安課長がそんなことを言うはずはない。大阪人は愛想でそんなことを言うが、東京人はそんなことは言わない。

綾部は日帰りでしか行けないなと思いながら、いつが良いかと壁に掛かるカレンダーを見つめた。

「明後日《あさって》の昼にならら帰れますが、どうでしょう？」

「いいですよ。待っています」

電話を切ってから、局長が心配しているので一度帰ってこい、という内容だったことに改めて思いやった。電話で言えないことに違いないが、それにしても、何だというのか。

不安のなか、明後日はすぐにやってきた。

久し振りに来た警察庁だ。二年前と少しも変わっていないのは当たり前のことだが、綾部は我が家に帰ってきたように懐かしい気分にひたった。やはり黒川署は仮の住まいだと思う。受付を済ませ、公安課長室に直行した。長年通ったところなのに、ドアをノックする手がこわばった。

やっとノックしてドアを開けると、懐かしい顔がパラパラとこちらを向いた。綾部はニッコリ笑顔を作って、「ご無沙汰《ぶさた》しています」と言い、頭を下げた。

同僚の顔がどこか白《しら》けている。仲の良かった女子職員でさえニコリともしないで、そのまま机上へ視線を戻した。綾部は少し立ち尽くした。が、本庁ではこんなものだったのかもしれない、と思い直した。同時に黒川署では、ご神体のように署長として奉られている自分なのだと気づいた。知らぬ間に身に付いているのだ、と我が身がすくむほど恥ずかしい思いがし、視線を逸らした。

広い室内の奥に課長室がある。綾部はそれでも笑顔を絶やさず、机の間をぬって課長室に辿《たど》り着《つ》いた。

ドアをノックすると、「どうぞ」と言う課長の声が懐かしく聞こえた。綾部は、実家に帰ったときのような安堵感を覚えた。

「失礼します」と言って入室すると、ソファに局長がニコニコして機嫌良さそうに座っていた。

まさか局長がいるとは思いもしなかった。綾部は笑顔を深くして局長に頭を下げた。

「君が今日帰ってくると言うものだから、局長がわざわざ来てくださったのですよ」と課長が言い、「座ってください」と、局長の前を手で示した。

綾部は、「とても、そこには」と言って辞退しソファの端に座ったが、課長は承知せず、局長の正面に座るよう強《し》いた。

笑顔を絶やさない局長は、大阪は勤務したことがないのでどんなところか分からない、どうなのかと、雑談的に話してくる。綾部は、自分が生まれ育ったところだから、良くも悪くも言えないので、適当にお茶を濁《にご》した。

「今回、君が初めて警察署長になったことで国家的に警察力が強化できると、長官も喜んでおられたよ。私も同感だ」局長は綾部をじっと見つめた後、そう言った。綾部はゆっくり頭を下げた。

「特に、命令違反の悪質なノンキャリアたちを多く退職させたことは大したもの、誰にでも出来ることではない。大手柄だよ。これから先、どこの都道府県警察の署長席にでも、若いキャリアを座らせられるよ。その実態を知るために、一、二年無駄飯になるかもしれないが、キャリアを行かせる必要があると思っていたんだ」と局長は言った。

綾部はその無駄飯のために四苦八苦しているノンキャリアたちを気の毒に思う。無駄飯になるかもしれない第一弾が自分だったのだとも思った。

「君のことは、無駄飯ではないよ。誤解してはいけない」と局長は綾部の心理を見抜いたように言った。そして、「それからねえ、この春、君がここの課長席に座るかもしれないから。課長になれば、また大変だと思うがしっかり頑張ってくださいよ」と言った。

綾部は深く頭を下げ、「ありがとうございます。よろしくお願いします」と言った。

そう言われて腹の立つ者はいないだろうが、正直なところ綾部は半信半疑だ。今まで何度か辛酸を舐めてきたからだ。〝人事はヒトゴト〟という。宝くじの当たり外れほど単純明快なものはないが、人事はその対極にあるものだ。着任するまで分からない。否、極めてまれに着任後に変更されたこともあったと耳にした。〝上意下達〟の組織なのだから、と綾部は自戒した。

綾部は課長から、父の交通事故の件については局長も了解している、と聞いていたのでそのことの話も出るかと思っていたが出なかった。

「父の交通事故のときはお世話になりまして、ありがとうございました」と綾部から先に礼を言った。

局長は、「ああ」と言ったきり何も言わない。言い忘れていたと言って、何か言うかと期待していたが期待外れだった。

綾部は、宝くじ三億当たったことは知られていると思っていた。警察庁、特に公安課は人の秘密に関して知ることが仕事であり、また得意でもあるので、知られているとてっきり思っていた。が、話に出なかった。知っていれば話に出ないわけがないので、知らないのだと思った。ホッとする反面、寂しい気がしないこともない。

「もうしばらくだから、しっかり頑張ってください」と課長が言った。

それを機に、三人は立ち上がった。綾部は自分が一番に退室するのが礼儀だと思い、丁寧に挨拶をしてドアに向かった。局長が課長室まで来て出迎えることは、誰であろうとなかった。そんなことを綾部はよく知っているので、ちょっと感動ものだった。指示命令違反者に対する処分がこれほど大事だとは思わなかった。詳細に報告したことにも満足した。

大阪へ帰る新幹線の中、シュウマイのにおいがしてくるのでその方へ目をやった。会社員風の若い男が、シュウマイに辛子を付けて口に運んでいる。あまり美味しそうではない。公衆の場所では、においのきつい物はダメだなと思う。においの好き嫌いはもちろんあるが、他人に、においをかがせること自体が失礼でいけない行為だと思う。幕の内弁当を買って良かった。サンドイッチを買おうとした自分がおかしかった。久し振りに財布から金を出したとき、一瞬だが、えらく損をした気分になった。随分卑しい人間になったものだと呆れた。

富士山《ふじさん》が見えてきた。快晴の冬の富士。新幹線の中からしか見たことはないが、やっぱり立派な山だと思う。天辺《てっぺん》はもちろんのこと、裾野《すその》が広いことに目を見張る。なだらかな稜線《りょうせん》がずっと向こうへ見えなくなるまで続いている。そこは樹海といい、迷えば出てこられないらしい。人生は樹海の中を彷徨《さまよ》うようなもの……、綾部はいつになくロマンチストになっていた。

課長席に座ることを伝えたかったので、帰京を促《うなが》したのなら真に受けていいが、局長まで同席していたことが腑《ふ》に落ちない。が、どちらにしても良いことなので、綾部は期待に胸を膨らませた。

久し振りの帰京だった。課長室を出てきてからも同僚に挨拶したが、特に女子職員から冷たく目を逸らされたのは、シュウマイのにおいでもしたのだろうか。

十三

根尾からしばらく連絡がなかったので、ボチボチある頃だろうと思っていると、案の定、二人揃ってやってきた。宝くじ売り場のおばさんのことに違いない。

「いつまで待たせるの。で、どうだったの？　物忘れのひどいおばさんは？」綾部は机の斜め前で、突っ立ったままの二人より先に口を開いた。

根尾は機先を制せられたのか、視線が泳いでいる。

「座りなさいよ。ボーっとしないで」綾部は下から根尾を見つめて、軽い調子で言った。

根尾は正気に戻ったように、「失礼します」と言ってソファに座った。香芝も後に続いた。

綾部は自分の席からソファに移動し、二人の正面に座った。二人の視線が綾部に吸い寄せられた。

根尾が、「おばさんの件、報告します」と言って話し始めた。

「あくる日に、その宝くじ売り場に行ったんです。おばさんは、私らのこと刑事やいうことも知ってぃまして、エライ謝るんですよ。『なんで謝るの、どうしたん?』と聞きますと、『一等出たこと、喋ったら辞めさされるんや。辞めさされたら食べていけんから、喋ったこと言わんといて欲しいんや』と言うんです。どんな人が当たったとか、何時頃当たったとか言ったら、アカンらしいです。むかし、当たってないのに当たったたと噂が広まりまして、当たってもない金の取り合いになりまして、遂に殺人事件まで発生したらしいです」

「それで?」

「私は署長さんの写真を鑑識で借りて持っていったんです。『この人か?』言うて見せましたら、じっと見つめた後、『知らん。そんな写真の人、見たこともない』の一点張りでして、しまいに怒ってくるんですよ。それで、『これから先、ええ加減なこと言ったら、ブタバコに入れられるで』と言って帰ってきました。おばさんは『恐ろしいこと言わんといて。怖い、怖い』と言うてましたんで、二度と言わないと思います」

「私の写真を気安く持って出ないでくれる。無くなったりすれば、悪用されかねないから」

ここら辺りのことがノンキャリアの職業意識レベルの低さだと着任以来思っている。

「すいません。鑑識に、ちゃんと返しましたので」

「返せばいいということではないよ。次からは気を付けて。係長も香芝君もそこら辺りの職業意識の大切さが解っているのかなぁ。……八千五百万の盗難事件は、捜査三課に帳場(捜査本部)をこの署に置かせるけど、引き続いてあなた方はこの事件に専従しなさい。会計係の金庫から盗った方法を具体的に、かつ詳細に証拠化することが大事だよ。動機は何かもね」

綾部は、三年以上も盗犯係をしてきたベテラン刑事にこんなことを言うのは失礼な気もしたが、ここで甘い顔をしてはいけない、二人は内部告発でもしかねないノンキャリアの下《した》っ端《ぱ》刑事なのだと、強く自分に言い聞かせた。

「当たってもない金の取り合いで起こった殺人事件て、どんな事件なの？」

綾部は実際に宝くじが当たっているだけに聞き流せなくなった。聞いておく価値があると思った。

「私が警察に入ってすぐの頃ですから、二十年足らず前のことです。ここら辺に住んでいる人間の話なんで、バカみたいなことなんですけど」と言って、根尾は話し始めた。

「酒飲みの中年男が酒も飲まないで、『うちのヨメハン、宝くじ一等当たりよった。内緒やで』と如何にもホンマらしく別の男に言ったんです。聞いた男はもちろん信用しませんでしたけど、他の人間にその話をもっとホンマらしく枝葉を付けて話したんです。こんな話は、ウソと分かっていても話す方も聞く方も面白いのですよ。どんどん広がっていって、遂に、そのヨメハン、ホンマに一等当たったことになってしまいました」

「それから」

「当たった言われたそのヨメハンが、殺されたんです。ある夜、強盗が入ったんです。噂を立てた亭主は、夜勤で留守でした。『宝くじ当たったやろ、金出せ！』と強盗は凄んだらしいんです。宝くじなんか当たってない、とヨメハンが言ったら、強盗も半信半疑でしたから殺さんかったと供述したらしいです。ところがヨメハンは何を思ったのか、面白がって言ったのか、『めったに当たらん一等や。大事な金を、盗人に盗られて堪るか』と言うたんですよ。そう言われた強盗は、〈当たったのは、ホンマや！こんなチャンスは二度とない〉とばかり確信を持ち、本気に責めたと言います。しかしヨメハンにしましたら、いくら責められてもないもんはない。遂に死んでしまったんです」

「亭主はどうしてそんな嘘を言ったの？　結果的にそうなっただけで、ハメたわけじゃないでしょう」

綾部は、聞き流していられなくなった。

「結果的にそうなっただけでして、ヨメハンを陥れようなどとは、とんでもないことです。しかし亭主はこう言ったそうです、『死ぬ前に、あいつは金持ちの気分だけでも味わいよった。おれは、せめて気分だけでも味わわせたかった』。そう言った後亭主は、涙をいつまでもポロポロ流していたそうですよ」

「宝くじ売り場のおばさんは、これからもあそこに居るの？」

綾部は聞いているのが辛くなってきて、話を宝くじに戻した。

「『分からん』と言ってました」根尾は応えた。

「ここだけの話だけど、この事件が解決したらご褒《ほう》美《び》として、今年中にそれぞれ一階級ずつ上げてあげるよ。二人の活躍は賞賛に値するから」

綾部は、ムチばかりではいけないアメもたまに必要だと思い、軽く言った。現場の下っ端刑事がもっとも喜ぶことは階級が上がることであり、階級には弱いと、本庁で耳にしたことがある。昇任試験に合格しないのは仕事で忙しいからだと言っているが、実際のところ刑事は勉強が嫌いで出来が悪いのだとも聞いている。頭の良し悪しは別にして、この二人もそんな感じがする。

「…………」根尾は何も言わずこちらを見ている。

香芝も何か言ったようだが聞き取れなかった。

「二人ともこんなときは、歌舞伎《かぶき》役者のような渋い声を出すんだ」

綾部は聞こえもしない声をそう言い、アメの方が効き目は大きいようだと思った。

「…………」根尾は黙ったまま、喋ろうとしない。

横にいる香芝は根尾の顔を見ている。

綾部は二人の同じような様子を見て、人間的レベルの低さを感じた。

犬は人間を裏切ることを知らない。間違いのない正直者だ。根尾と香芝に犬を感じた。犬を裏切っては人間失格になってしまうので、階級は実際に上げてやってもいいと思えてきた。

「もういいから、帰りなさい」綾部は躊躇なく言った。

根尾はゆっくり立ち上がった。その後、タイミングを外したように香芝が立った。

根尾は何かを言おうとする香芝の二の腕を、爪《つめ》が食い込むほど摑み、引《ひ》き摺《ず》るように署長室から出ていった。

一人になった綾部は、二人が出ていったときにソファに深く身を沈め、余所見していたことを少し反省したが、所詮、彼らは犬だ。犬であることにも気づいていないだろうと思った。

公安課長の言葉が思い出される。順風満帆の現在、犬にかまっている暇はない。

十四

府警本部捜査三課の帳場を黒川署に設置させ、予定どおり根尾と香芝を帳場要員として組み入れた。ノンキャリア組の捜査三課からの報告は鵜呑みに出来ないので、二人を帳場要員にしたことは何かと役立つはずだ。

昼休みに入った頃、根尾から電話が掛かった。

帰京した際に、警察署長の退屈さを面白半分に公安課長に話したのだが、まさにその退屈さと闘っている最中の電話だった。

「ここではとても考えられないことですね」公安課長は目を丸くして言ったのだった。「ここでそんなことをしていれば、クビになりますよ。綾部署長さんは、そんなことに慣れてはいけませんよ」

「退屈は人生の敵、と言いますように、退屈は辛いものだと知りました。けれど、どこの署長も慣れているのか、府下署長会議で会っても、『うちの署は忙しい』とばかり言っています」

「君がキャリアだから用心して、本音を言わないのですよ。実際彼らは、退屈は人生の友、と思っているのではないでしょうか。人間、暇があるとロクなことは考えませんから」

「味方するわけではありませんが、そのかわり、現場の警部補以下の人間は大変です。何もかも、彼らに指示命令が下り、彼らがやりこなしています。

〝治安の闘士〟という警察歌があるのですけど、私は、治安の闘士、とは警部補以下の人たちのことだと思っています」綾部は根尾や香芝のような現場の刑事や交番勤務員のことを頭に思い浮かべて言った。

「副署長や各課長は、どちら寄りなのですか？」

「どこの署でも例外なく署長寄りです。というより署長の真似《まね》をするのが良いことになっていますので、ゴマをする意味からもそうします。そうしないと、昇任しませんから」綾部は応えた。

「そこに問題があるのですよ。つまり、ノンキャリア・エリートたちの連帯感なのですね」

綾部は、署の課長以上の人間がどうして同じ考え方をするのか解らなかった。公安課長の話を聞いて理解できたような気になった。つまり、署の課長になった時点から徐々に署長用の脳が形成されていき、遂に百パーセントそうなることによって署長ポストに就くことが出来るということだ。そうならなかった脳の人間は、署長ポストに就けない。

「その連帯感を強く大きくすることを、ゴマスリ、と大阪では言うのでしょう」

そんなことを公安課長は言っていた。

根尾は相変わらず、横に香芝を従えて署長室に入ってきた。

「三課の班長は七人全部逮捕すると言ってますすけ

ど、そうなんですか？」

「まだそんなこと言っているの？」と綾部は言った。

八千五百万窃盗事件についての綾部の捜査方針は変わらない。警察署に捜査本部を置いても、この事件については署長指揮事件であり、最終判断は署長である綾部がする。

「倉谷先生と福留の二人、助けてもらえないんですか？」めずらしく香芝が口を利いた。「せめて、不拘束ではいけないいんでしょうか？」

こちらを睨みつけて言う香芝に、根尾が小声で何か言ったようだが聞こえなかった。綾部はデスクからソファに移動した。

「下がいなければ組織的な犯行にならないことは何度も言っている。けれど、あの二人は不拘束でするように三課長には言っているんだよ」香芝の正面に座って言った。

「不拘束でも、充分、立証できると思うんですが。あの二人は、良い奴でして余りにも可哀想過ぎます」と根尾はホッとしたように言った。

「良い人間か悪い人間かは知らないけど、三課長が班長に言っていないのかもしれないし、班長が忘れているのかもしれない」呆れ返ったように綾部は言った。

「上司に指示命令されて、嫌々ながらやったという調書だけですむことです。やらなければ、上司から倍の嫌がらせをされるという供述です」根尾は口を尖《とが》らせて言った。

「不拘束でやるように三課にもう一度言うよ。そうでないと逮捕状請求の決裁印は押さないよ」

「〝窮鼠《きゅうそ》、猫を咬む〟と言います。特に倉谷先生なんかは、真面目だけが取り柄の人間ですから、家庭が崩壊したら何をするか解らない、ちょっと怖い気がするんです」

根尾が切実に言っているのが解る。綾部も倉谷に会ったとき、同じようなことを思った。

「福留も同じなんです。良い人間だから、課長らに目を付けられたんです。どちらかというと、二人は被害者に近いと思うんです」と香芝が口を挟んだ。

「そうかもしれないね。だけどそれなら私らは加害者、被疑者ということになるわね」

綾部はしつこく言う根尾と香芝に少々腹が立ってくる。階級を上げると言ったことは失敗だったのだろうか？　甘い顔を見せるとつけあがる、所詮彼らは、犬であり、内部告発でもしかねない組織の癌《がん》なのだろう。

「すいません。もう二度と言いませんので」と根尾は、綾部の顔色を見て頭を下げた。

「捜査本部が嫌なら、外してもいいよ。代わりはいくらでもいるんだから」綾部は腹立ちまぎれに言った。

今晩は堤が夕食を持ってきてくれる。

いつもどおり入ってきた堤に、「ご主人、お元気？」と何気なく尋ねた。

「おかげさまで」堤は目を輝かせて応えた。

「ご主人の趣味は何だった？　共通の趣味は夫婦円満の秘訣《ひけつ》と聞くけど、本当？」

「そうだと思います。でも、上手くいくのは、何といってもお金ですよ。たくさんあれば上手くいきます。お金のない生活に不平不満はつきものです。我が家は共働きですから、多いと思いますが」と堤は言った。

堤の意外な言葉に面食らった。以前堤に待遇を上げると言ったことを忘れていた。そのことを暗に言っているに違いない。とんでもない方向に話が行ってしまった。

根尾や香芝だけでなく、堤にも同じようなことを言っていた。気づかないうちに傲慢なことを言うようになっている。

「堤さんの待遇をよくすることは忘れていないよ。きっと実行しますから」綾部は最近、上手くウソをつくようにもなった。

「そんなつもりで言ったんではありません。以前言いましたように、今のままで充分です。気を悪くしないでください」堤は顔の前で手を振りながら言った。

綾部は一本取られた気がした。少々悔しいが、いつも世話になっているので待遇はよくしてやりたいとは思っている。が忘れてしまう。公安課の上司に言うことなら憶えているくせに。

綾部は一人になった。

ややこしいことを言って堤は帰っていった。そもそも人間はややこしい生き物だ。生まれて死ぬのは他の生物と変わらないのに、大きな脳のせいで迷路に入りこんでしまう。

夕食を終えて八時頃になると、いつもソファに身を沈めウトウトする。テレビを点けるが安上がりの番組が多いので、今ではニュースが一番面白い。

そんなときに、枕元《まくらもと》に置いてある携帯電話が鳴った。私用の携帯の方に当直から掛かってくる。当直からの電話なら固定電話に掛かってくるはずだ。初めてのことなので特別なことがあったのに違いない。急いで携帯に出た。

「夜分すいません。急いで知らせておこうと思いまして」と当直員の緊張した声がした。

「何なの？」

「西部さんという警備会社の社長から電話がありまして、社員の小野寺さんが行方不明になったと署長に言ってくれとのことでした。署長とどんな関係なのか聞きましたが、このことは絶対に伝えてくれと言ってばかりで切られましたので、お知らせしたんです」

「分かったよ。ありがとう」

携帯を切り、すぐに根尾に連絡を取った。

「あなた、今どこにいるの？」

「まだ大部屋ですけど」

「だったら直ぐ公舎に来てくれる」

「小野寺のことでしょう？　私にも西部さんから電話がありまして、すぐに署長に電話したのですが話し中でした。行きます」根尾はいつになく声を震わせている。

すぐにインターフォンが鳴った。玄関を開けると、根尾が息を切らせている。リビングに案内した。

「まだ仕事をしていたんだ、ごくろうさん。当直が、西部から連絡があって、小野寺が行方不明になったと言ってたけど、そのほかに何か言ってたの？」

西部が根尾に何を言ったのか聞きたい。

「夕方のことですが、西部さんが社長室に戻ると、鍵の掛かる机の引き出しが破られていまして、入れてあった例のニューナンブM60が無くなっていたらしいです。袋に入れてあったマメ十発も。ですから、マメは弾倉に込めてあったのを含めて十五発ということになります」

「まさかと思ったけど、遂に小野寺は行動に移してきたのね」

綾部は先日見た小野寺の写真の顔を、思い出していた。緊張が背筋に走った。

「引き出しに、小野寺からのメッセージが入っていたそうです。『長谷川をかならずころします。長谷川は大ぬすっとであることも、ある人からききました。そんな長谷川のなかまもゆるせない。しゃちょうが、いくらとめても、とまりません。マメは十五はつあるので、じっくりやってやります』と書いてあったらしいです」根尾は落ち着いた口調で言った。

綾部は、根尾の落ち着きを頼もしく感じたが口に出さなかった。

「ある人とは誰のことかしら？」

「分かりません」

「小野寺の書き置きは誰も知らないのね」

「署長と私だけです」

「誰にも言ってはダメだよ、香芝君にも。誰も巻き込みたくないの」

「分かりますけど、香芝君にだけは言っておきたいのです。彼は信頼できますので。だめですか？」

「そこまで言うのならいいでしょう」

綾部は、ダメだ、と言えない気迫を根尾の落ち着いた態度から感じた。

「余計なことかもしれませんが、耳に入れておきたいことがあります……」根尾は言った。

「気にしなくていいから何でも言って」

「西部社長が言っていたことなのですが、小野寺は、『根尾係長には全幅の信頼をおいています。長谷川らを殺した後は、前に言ってましたように、根尾係長に自首したいのです。受けてくれなかったら、逃げます』と言っていたようです」

「そこまで信頼されれば、相手が元ヤクザの犯罪者でも幸せだね」

綾部は、予想のつかない不安に襲われているのとは反対に、冗談っぽく言った。

「西部社長は、『ちゃんと言うとく、受けてくれるやろ』と応えたそうです」

「それでいいんでしょう？」

綾部は自分もターゲットの一人であることに背筋に寒さを感じるが、表情に出さず軽く言った。

「いいのですが、そんなことより」と言って、根尾は一旦言葉を途切れさせた。「マメが十五発あって、拳銃の名人ですから油断してはダメですよ。現役の四課の人間に聞いたのですが、個人資料にその記録があったのなら、間違いないらしいです。フィリピンへの渡航が多いのは、射撃訓練のためだと言っていました。実際に行動を起こしそうですから、ちょっと怖いです。気を付けてください」

「確かに怖い。けど西部も何を仕出かすか分からない、と思っているの。長谷川刑事課長をきっと恨んでいるし、小野寺に殺させてはいけないと思っているから……。西部と電話で話して、そんな感じはしなかった？　私も小野寺に撃ち殺されるかもしれないな」と綾部は口に出した。

「小野寺がどう出ようが、そんなことはさせません」根尾は言った。

「もちろん、そうよ」

「拘束するしかないので、その方法を考えてみます」

そう言い残し、根尾は公舎を出ていった。綾部はいつものように一人になった。

根尾の言葉が胸に突き刺さって抜けない。頼りになるのは、根尾だけのような気がした。

小野寺に撃ち殺されたりすれば、宝くじが当たったことも、本庁が言ってくれたことも、すべて水の泡《あわ》だ。そもそも、この強運を邪魔しているのは、当署のノンキャリアのエリートといわれている奴らだ。副署長、総務課長、刑事課長、警備課長、それに公安係長のクズ五人だ。

腹立ちがどんどん大きくなり、目が冴えてくるばかりで眠れない。

それに小野寺が、ワルの親分と署長を位置付けて、射殺しようと狙っているとは本末転倒も良いところだ。自分はクズ五人を敵対視しているというのに。きっといい方法があるはずだ。根尾が言ったように、拘束してしまうのは手っ取り早いが、いずれ釈放しなければならないときが来て、再び同じことが起きる。いつまで経ってもキリがない。何かいい方法はないものか……。

小野寺を利用できないか？

奴は私も含めたワルを拳銃で撃ち殺そうと企《たくら》んでいるが、ワルが誰か知っているのだろうか。妻子の仇討《あだう》ちとして、殺人は奴の内では正当化されている。殺すべきワルを奴は刑事課長だけしか知らないはずだ。もちろん、長谷川以外のワルの顔も知らない。

小野寺は根尾を信頼している！

小野寺にワル五人を始末させればいい！

小野寺にそう仕向ければいいではないか。仕向けるのは、根尾しかいない。そんなことが出来れば、復讐鬼《ふくしゅうき》となった小野寺自身は満足だろうし、八千五百万盗難事件も一挙に解決する。

根尾を説得するにはどうすればいいか？

一億も使えば充分ではないのか。そうだ、金で買収するのだ。彼女はパチンコ依存症だ。堤が言っていたので間違いはない。金に常に困っているはずだ。古今東西、ギャンブルは胴元が勝つようになっている。上手く説得すれば、乗ってくるかもしれない。否、きっと乗ってくる。

これがいい。しかし、急いては事をし損じる……と思ったとき、まどろみ始めた。

快眠とはいかないが、眠れたようだ。いつものような目覚めだ。

朝礼を終えて、早速、根尾を署長室に呼びつけた。

「香芝君はどうしたの？」

根尾は香芝を連れないで一人でやってきた。

「いない方が、署長が話しやすいのではないかと思いまして。どうせ、あの続きでしょう？」

いつも根尾にはドキッとさせられる。どうせ、とは何という言葉づかいをしているのだ。所詮、犬が。

指摘しなければケジメがつかない。

「どうせあの続き、とは何という言い方をするの。親しき仲にも礼儀あり、少なくとも、署長に対する言葉ではない。それに、昨夜の話はそんないい加減な話ではないよ！」

眠れないほど思い悩んだことなのに、バカにされたような気にもなった。

「そうじゃないんですか？　なら謝ります」根尾は口調を変えずに言った。「では何でしょうか？」

根尾はどうしたんだろう、と綾部は目を見張った。

「今朝のあなたは変ですよ。何かあったの？」綾部は腹立ちが治まらないので、そう言わずにはいられなかった。「ソファに座って」と言って自らもソファに移った。

根尾はいつもの位置に腰を下ろした。

タイミングよく堤がニコニコ笑顔でコーヒーを盆に載せて入ってきた。コーヒーをテーブルの上に置くと、根尾の方に首をかしげて「ごゆっくり」と言った。

綾部がコーヒーカップに手をやると、いつも遠慮する根尾が躊躇なくコーヒーカップに手をやり、綾部より先に飲み始めた。が、堤が来たおかげでいくぶん柔らかくなった感じはする。

「どうしたというの？　香芝君も連れてこないで」

根尾はコーヒーを飲み干し、「香芝がいない方が、署長は話しやすいだろうと思いましたんで」と再び同じことを言った。

綾部は根尾に小野寺を説得させ、ワル五人を殺させることに腹は決めている。しかし、香芝がいれば話しにくいどころか、とても話せない。根尾に図星を指された。

綾部は、高鳴る心音の中、「私が何を話しやすいというの。話し難いことなんか、今までも話したことがないよ。あなたが話しやすいんじゃないの？」と必死の思いで言った。

「そうですよ。香芝がいると私が話し難いんですよ。署長は私以上に話し難いでしょうから、私から言いますよ」

根尾は話し出した。

「署長は小野寺を使って、多額盗難事件を解決しようとしている。違いますか？　悪巧みもここまでくれば立派なもので、まさしく悪党ですよね。小野寺を説得するのに私を使う……。もし違うんなら言ってくださいよ、遠慮なく。いやしくも署長に対して失礼になるから」

綾部は、何を言われてもこれ以上驚くな、と自分に言い聞かせた。

「そのとおりだよ。そこまでどうして解ったの？」

綾部は声を震わせて言った。

「バカにしてはいけませんよ。私は、現場の刑事ですよ。それに一応女ですから、内部からも外部からも風当たりはきつい。セクハラ、パワハラというやつです。おまけに私はパチンコ依存症だ。だから、いつも対抗手段や相手の気持ちを考えているんですよ。われわれノンキャリアの下っ端がこの組織で生きていく手段ですね。署長が何を考えているかぐらい解ります。……犬ですから」

「今更、あなたに隠しても仕方ないから言うけど、あなたの言うとおりだよ。でも私は、あなたが帰ってから思いついたのよ」

「署長が思いつく前に私は予想していたということになる。いつ思いついてもいいでしょう。図星？」

「図星だよ」

「そんな悪人に敬語は要らないですよね。ここから先は署長から話した方が良いんではないですか？　やっぱり香芝君がいると話せないでしょう？」

綾部は根尾が、ある種の天敵に思えた。

「それで私をどうしようというの？」

「私はギャンブル依存症なんで、そのつもりで署長の計画を話してくださいよ」

根尾はこの計画に乗りたいのではないのか。正直に話してやろう、どう応えるかによって、以後の措置を決めればいい。この人間の将来を決めるのは自分かもしれない、とまで綾部は思った。

「小野寺はあなたのことを信頼している。小野寺を説得できるのはあなたしかいないわ」

「そのとおりですよ」

「妻子を自殺に追いやったのは長谷川だけではなく、五人いると思わせるの。多額盗難事件の犯人五人を、その五人と思わせるの。どんな方法で小野寺を信用させるかは、あなたに任せる。小野寺は長谷川以外の四人の顔を知らないから、それをどう知らせるか、何かの合図を決めてとか、それも任せる」

「そんなことだろうと思ったけど、五人はやり過ぎじゃないの？　小野寺が殺したいと思っているのは長谷川だけだよ」

「そんなことは解っているよ。小野寺を騙すのはあなたの腕だよ。あの五人は、……。理由はあなたにも言えない。キャリアのことなの」

「キャリアとは便利な言葉やなぁ。……小野寺を騙して五人も……、私への見返りは何？」

「一億でどうかしら？」綾部は躊躇なく言った。

「小野寺を騙して、誘導するだけだよ。それで一億なら充分過ぎるでしょう。小野寺は拳銃の名人だから的はめったに外さない。何度も誘導することもない」

「一億なんて、信じられない。いくらキャリアでも、右から左に動かせる金じゃない。資産家でもない署長が？」

「資産をあなたに公表する訳にもいかないから、そこは私を信じるしかないね」

「信じませんよ。五人を殺った後で、ホゴにされかねないよ」

「担保が欲しいという訳だ？」

「当たり前だよ」

「現金一億をあなたに見せられればいいんだけど、ちょっとした都合で今はできない。一億あなたに渡さなければ、殺人犯として逮捕されるかもしれない私が、嘘をつくと思う？」

根尾は沈黙を守って綾部を凝視している。しばらくして綾部には、根津の顔がほころんできたように見えた。

「信用するしかないようですね。嘘だったら、あなたを逮捕しますよ。いつ、一億くれるんです？」案の定、根尾はそう言ってきた。

「五人終わってからが良いでしょう。逮捕状請求する前に終わらないといけないから、早速今日にでも、小野寺に会った方が良い」

「そうします」

「西部に気づかれないように気を付けなさい。彼は才気走った人間だから」

「解りました。小野寺と二人だけで話します」

一億と聞いて、言葉づかいまで元に戻ったようだ。

根尾は署長室から出ていった。

十五

「小野寺さんに私の携帯に電話するように言ってください」と根尾は西部に連絡した。

小野寺に対して、自首について詳しく話す必要があることを西部に伝えた。元四課の刑事だっただけに、すぐにその意味を理解した。

「お世話になります」と言って言葉を切った。そして、「四人で取調室にいるときは、長谷川はやってないと思いましたけど、今では、長谷川がやっぱりクロだと思うようになっています。と言いますのは、長谷川が『撃ち殺してくれてもよかったのに』と言ったのは現在の奴の言葉です。当時のことを何度も振り返りましたが、とても有り得ない言葉です。

奴が捕まって刑事課に連れられてきた時、正に顔面蒼白でした。ご存知でしょうけど、痴漢は必ず否認しますし、また被害者の金欲しさの犯行もありますので、軽い犯罪とはいえ、慎重になりました。被疑者を見た瞬間の印象も大事でして、私は奴を犯人に間違いないと直感しました。顔面蒼白なのに横柄な態度、後から来た捜査一課の連中の言動、特に『金を渡すから被害届を出させるな』という言葉は、まさに自供しているのと同じです。

娘が自殺し、母親も自殺したことを奴に知らせた時も『オレの知ったことやない』と言っていましたから。あの日の当直員全員が『一課は痴漢してもえぇんやなあ』と言っていましたよ。やっぱり長谷川は人をたらし込む悪人だ、危うく騙されるところでした。もう騙されません。奴はどうしていますか」

と言った。

「いつもと変わりません、偉そうにしていますよ。小野寺さんには連絡取れますか」

「直ぐします」

西部への電話を切って五分も経たないうちに、公衆電話から携帯に連絡が入った。小野寺だと直感した。携帯から掛ければ履歴が残るので公衆電話から掛けている。ちょっとした信頼を持った。

「自首のことで話したいことがあるんで、どこかで会いたいんだけど」根尾は前置きなしに言った。

「申し訳ありません」小野寺は待ち合わせる喫茶店の場所を言った。

「ちょっと出かけるんで、班長に聞かれたらそう言っといて」

根尾は香芝にそう言って席を立った。香芝は不満そうな顔で頷いていた。彼には何があっても言えない。

喫茶店は目立たない所に在った。よく言えばレトロな感じと言えるのか、雑然とした店内に客はおらず、小野寺が一番奥のテーブル席に座り、こちらを見ていた。目を逸らさないで立ち上がり、頭を下げた。すっかり痩せている。

テーブル席に座って小野寺を見ると、以前の小野寺に違いないが、まるで面相が変わっている。表情がなく今流行のロボットと似ている。ひと昔前の蠟人形か。

根尾はこんな顔を何度か見た覚えがある。否認を貫いていた被疑者が、自白に至ったときもこんな顔をしている。否、この小野寺の顔はそんな生やさしいものではない。

根尾は警察官になって最初に交番勤務に就いた。交通死亡事故現場に急行したことがあった。運転者は、シートベルトで縛られたように運転席に体を沈めていた。出血はしていなかったが、小さな息をしている。初めて目にする現場であった。根尾は、警察官としてすべきことも忘れ、運転者から目が離せなかった。先輩から何か言われたが耳に入らない。

死ぬかもしれない、助けなければと思っているうちに、運転者の苦しそうな表情がスゥーと消えた……。

根尾は祖母の死顔を見ただけで、生から死へと逝く人間の顔というものなど、これまで見たことはなかった。が、亡くなったのだ、と感じた。人間の表情が無くなってしまった。死ねばこんな顔になるのかと思った。

目の前にいる小野寺は、あのときの運転者のような生死の境目にいる顔になっている。このまま死んでしまうのではないかと思った。

いらっしゃいませ、とも言わないで入口辺りで雑誌を見ていた老女が、盆に水を二つ載せてやってきた。「何しまひょ」と言って、コップをテーブルの上に置いた。

勢いよく置いたので水が少しこぼれたが、気にもならないようだ。

「ホット・コーヒー二つ」根尾は小野寺の欲しいものも聞かないで言った。

「わざわざ、来てもらいまして申し訳ありません」小野寺は再び頭を下げた。「シャブは、やっていません」聞きもしないことを言った。

覚醒剤《かくせいざい》中毒者のよく口にする言葉だが、今言った小野寺の心境はそうではないようだ。死を覚悟し、心底開き直っている。が、確かに生きている。小野寺はこのまま死にはしないと根尾は何やらホッとした。

老女がホット・コーヒーを置いていったのを機に、根尾は口を開いた。

「小野寺さんは署長への手紙に書いたことを実行するつもりですね」

根尾はコーヒーに見向きもしない小野寺に、何も気にしていない振りをして単刀直入に言った。そして、コーヒーに口を付けた。この店の雰囲気に似合わない美味しいホット・コーヒーだ。

「係長さんは止めに来たのでしょうが、そればかりは聞けません」小野寺は感情なく言った。

根尾は窓外へ視線を移した。汚れた窓ガラスを通して見える狭い道路、車は時折しか通らない。

「止めに来たなんて思われているとは、ちょっと残念です」

視線を窓外から小野寺に戻した。小野寺は驚きの目でこちらを見ていた。

「どういう意味です？」

「小野寺さんは死を覚悟しているようですが。長谷川や署長を撃ち殺して、その拳銃で自分の頭も撃ち抜こうとでも思っているようですが。どうなんです？」

「きっとそうします」小野寺は躊躇なく応えた。

「係長さんに、心を見抜かれていることが嬉しいです。女房にも見抜かれてました」

「小野寺さんは私を信頼してくれているらしいけど、どれほどの信頼なのか目に見えるものではないから、私には不安なんです」

小野寺は根尾を凝視した。

「フォーク、貸してくれへんかな」と小野寺は老女に少し大きな声で言った。

「フォークって、スパゲティ食べるときのフォークでっか？」大きな声が返ってきた。

「そうや」

「何しまんの？」

老女は昔ながらの大きく頑丈そうなフォークを持ってきた。

黙って受け取った小野寺は、「コーヒー代」と言って、老女に千円渡した。

「貰《も》うときまっせ」と言って老女は財布に入れた。

小野寺は尻ポケットからハンドタオルを取り出して左の掌に巻き付け、両端を右手と口で咥《くわ》えて強く引っ張った。そしてテーブル上にハンドタオルを巻いた左掌を上にして置き、フォークを右手に持って、力一杯突き立てた。

引き抜いて、二回目を突き立てた。フォークの歯の根元まで、ハンドタオルで見えなくなった。グサッという音が聞こえてきた。

「止めて！」根尾は思わず叫んだ。

老女の方を振り返ったが、どこへ行ったのかいない。

「これほどの、もんです」小野寺は顔色も変えずに言った。

「解った！　小野寺さんの気持ちは充分解りました」

ハンドタオルに血が滲んできた。小野寺は左掌をテーブルの下に隠した。根尾はしばらく口が利けなかった。小野寺も何も言わず、テーブル上の一点をボンヤリ見ている。

「私は小野寺さんを止めに来たのではないんです」

やっとのことで声になった。一旦口を切ると、どう言おうかと迷っていたことが滑《なめ》らかに口から滑《すべ》り出た。

「協力できないかと思って来たんです」

「どういうことですか」

「小野寺さんの奥さんと娘さんを自殺に追いやったのは、私はあのとき、長谷川ではないように言いましたが、あれはやっぱり間違っていました。その後、事件記録を読み返し、掘り下げてみたんですが、大変なことが分かってきたんです」

小野寺が身を乗り出して頷いた。

「長谷川には仲間がいて、互いに、かばいあっているんです。事件当日、本部からやってきた連中四人と長谷川の五人は、当時からの仲間で現在も続いています。ハッキリ言って、五人のうちの誰が娘さんをやったのかハッキリしません。私の判断の誤りもそこら辺が原因だったんです」

小野寺は目を真っ赤にしている。

「五人やらなければ意味がありません。今なお、娘さんや奥さんと同じ苦しみを味わっている人たちがいるんですから。やるのなら五人です」

「わしは長谷川だけしか知らん」

「だから、協力しようと思って来たのです」

根尾は後ろを振り返ったが、老女はいなかった。

「係長を引き込むわけにはいきません」

「それでは私の気持ちが治まらない。長谷川に騙されたのは私も同じです。私は五人のことを知っていますから、小野寺さんを案内したいのです。捕まらないように奴らを殺したい。小野寺さんを、刑務所に行かしてはいけないと思っているんです」

「わしは我が頭部《ドタマ》に一発、ぶち込みます」

「そんなことしないでください。奥さんと娘さんが悲しみます」

「マメは十五発ありますから、五人でも大丈夫です」小野寺は決心したように言った。

「道具はもうないのですか？　あれば私も欲しいんです。あの五人は、持っているはずですから」

「あります。マメは何発？」

「弾倉に入るだけ、五発でいいです。終われば返します。異動がありますので、早くしないと。五人が異動するとまた調べなければなりません。一週間以内に終わらせたいんですが、いけますか？」

「いけます。道具は、今からでもここへ持ってきますけど」

「時間はどれくらいかかります？」

「三十分もあれば」

「それなら待っています」

小野寺が立ち上がったとき、左掌に巻いたハンドタオルが真っ赤になっていた。パンツのポケットに手を突っ込み、急ぐ様子もなく店から出ていった。

老女は相変わらずいない。座っていた椅子の上に、見ていた雑誌が無造作に置かれている。

根尾は小野寺の一本気を恐れた。この策謀を知られれば、殺されるに違いない。バレるようなことはないが、万が一ということもある。そのときの防衛策として拳銃を持っていたい。拳銃があれば、バレても先にやればいい。

相手は拳銃の名人らしいが一億円の大仕事だ。何としても手に入れなければ。

小野寺から拳銃を受け取れば、計画を打ち明けよう。短期間ですべてを終わらせることだ。

老女は戻ってこない。ここは特異な者、犯罪者などの裏社会に生きる者だけが利用する店のようだ。

小野寺が戻ってきた。左掌に巻いていたハンドタオルは軍手に変わっていた。右手に紙袋を持っている。

「遅くなりました」と言った。

根尾は小野寺の差し出した紙袋を受け取り、拳銃の鉄の感触を感じたが、異常に重くて大きい。変わった拳銃だなと思った。

「出して見てください。ここでは大丈夫です」小野寺は言った。

根尾は紙袋を上からのぞき、恐る恐る取り出した。何だこれは。警察官の持っている拳銃、ニューナンブM60と同じ回転式だが、倍くらい大きくて重い。根尾の手では銃把が大き過ぎて指先に力が入らない。非常な迫力だ。

「アメリカ海兵隊のマグナム44です。マメは六発入っています。わしの宝もんですから、宝もんでクズを殺したくないんです」

「凄いですね。初めて見ました」

「突進してくるアフリカ象を正面から撃つために創られた拳銃です。象は尻餅をついて死ぬというほど、威力があります」

「私には大き過ぎて無理な気がします」

「そんなことはありません。女にピッタリなんです。マメ六発を出して、引いてみてください。解りますから」

根尾は膝の上で弾倉から弾丸を六発抜き出し、空撃ちを二回した。引き金を引くのに力が要らず、しらぬ間に撃鉄が落ちる。根尾は、これはいいものだと感じた。

「解ります」と根尾は言った。

「差し上げますんで、要らんかったら捨ててください。これサイレンサー」と言って、ポケットから消音器を引っ張り出した。「必需品です。全くといっていいほど音がしません」

根尾は、「この件が終わればお返しします」と言った。

「そのときには、わしはいませんよ」

「言い忘れないうちに言っておきますが、うちの女署長は五人に入っていませんので。どちらかというとこちらの味方でして、長谷川刑事課長を嫌っています」

根尾は署長が死ぬと一億入らないので、小野寺の目を見て強く言った。しっかり聞いている小野寺を見て安堵した。

「そうですか。間違うところでした」小野寺は応えた。

「小野寺さんは拳銃の名人らしいですけど、どこで習われたんですか？」

「名人ではないですが、拳銃が好きでして外国へ金が出来たら行っていました。射撃場に行くうちに、自分でも解りませんが、全弾、黒点（的の中心）命中するようになりました」

「案内するのに知りたいんだけど、確実に命中させるのには、何メートルぐらいが限度ですか？」

　根尾はマグナムに弾丸を六発詰め込み、サイレンサーも一緒に紙袋にしまった。

「十メートル以内なら、いけます。十メートルを超すと外すかもしれません」小野寺は気負わずに言った。根尾は小野寺の自信を感じた。

「明日か明後日から始めたいのですがいいですか？」

「いいです」

「連絡はこちらからしますが、携帯はまずいから、今日のように私から連絡があれば、公衆から掛けてください」

「はい」

「マグナムのお金、渡しときます。これでは足りませんけど」根尾は財布の硬貨を残し全額五万三千円を小野寺に渡した。「少ないですけど」

　小野寺は案の定、ありがとうございますと言って躊躇いながら受け取った。

　根尾は先に店を出た。出るときも、老女はいなかった。

十六

　根尾が小野寺と会ったことを報告すると言って、署長室にやってきた。

「小野寺は私を信用しています」根尾は開口一番に言った。

「間違いないの？」間違いのないのは口調から解るが、綾部は嫌味たらしく言った。

「五人をきっちりやりますと言いましたよ。小野寺は長谷川以外の四人を知りませんので、私がその都度知らせて、撃ちやすいところへ誘導すると言いましたよ」根尾は不服そうに応え、「脅迫状に書いてあった署長を殺すことは間違いだ、と言っておきましたので、署長には何もしません。安心してください」と恩着せがましく言った。

「それはありがとう。それなら私も安心だ。でも一億もあげるんだから、それぐらいしてくれないとね」

　根尾の顔色が変わった。綾部は顔色を変える根尾の気持ちがよく解らない。何と言っても一億だ。自分が根尾の立場なら一も二もなく、署長に従順になると思う。

「で、いつから行動に移すの？　早くしないと、異動期に入ってしまうから」

「解っていますよ。そのことについても、ちゃんと言っていますよ」

「その喋り方、何が不満なの？　一億ももらえるのに」

「署長にとっては何ということもない、あぶく銭なんでしょう？　軽いもんでしょう？」

　根尾は言ってしまったというふうに、気まずそうに後ろを向いた。

「あぶく銭とは何てことを言うの。どんな金だろうとあなたに関係ないでしょう」綾部は一瞬ドキリとした。「何が根拠でそんなこと言ってるの？」と後ろ向きの根尾に言った。

「いらんことを言ってすいません。根拠なんてないですよ」根尾は振り返り、こちらをじっと見つめて言った。

「それならいいけど、ぞんざいな口を利かないで。礼儀は人間として一番大事なことだよ」

「綾部署長さんから、人間として何が大事かを聞くとは思ってなかった。いい勉強になりましたよ」根尾はふてぶてしく言った。

「もういい。あなたは結局この件をするのが嫌なの？　嫌なら降りてもいいのよ」

「嫌じゃないですよ。一億もいただけるおいしいお話、今更降りるなんてできませんよ」

「小野寺との話がどうなったのか続けて」

宝くじに当たったことを根尾は知っているのではないか、それで開き直っているように見えるのではないだろうか、否、知るはずがないと綾部は思いを巡らせた。


綾部は当選宝くじを財布に入れ、財布は肌身離さず胸の内ポケットに入れて、ボタンを掛けないときはない。今も、そっと胸に触れた。財布の感触が手にあった。

話し終えた根尾は、ホッとしている。

「今晩から、着手するのね。今日は誰なの？」

「総務課長、警備課長、それに公安係長の三人、一気にやってしまうわ。丁度今晩三人で、飲みに行くんですよ。こんなチャンスはめったにないので手間が省ける」

「盗人三人、また悪巧みか。終わったら、携帯に連絡しなさい」

「はいはい、署長さま」

「あなたは拳銃、要らないの？」

「要りません」

「要るんだったら、持ち出し許可出すわよ」

「拳銃なんて、要りませんよ。署長さまは要りそうですけど」

十七

根尾は約束どおりの方法で、午後三時に小野寺と連絡を取った。昨日会った喫茶店で午後五時三十分ということにした。

根尾は頃合の大きさのショルダーバッグを襷《たすき》に掛けて喫茶店に向かった。ショルダーバッグは口がチャック式なので、中のものを落とす心配はない。余分なものは入れず、サイレンサーを取り付けたマグナム44と手拭い三本、幅の広い伸縮包帯一本を、包まないで入れておいた。どちらも怪我をしたときのためだ。

三分前に着いたが、小野寺は昨日と同じ席にいた。老女も入口付近の同じ椅子に座っている。根尾が入っても、昨日と同じ顔でこちらを見るだけで何も言わない。

小野寺がいるテーブル席に座った。互いに何も言わないで頭を下げた。

「何しまひょ」

昨日と同じことが繰り返されている。小野寺がフォークを持ってくるように言うのではないかと一瞬緊張した。老女は、ホット・コーヒーを持ってきてから、やっぱり居なくなった。

根尾は小野寺に、三人の顔写真を見せ、「今日の三人です。持っておいてください」と言った。「小野寺さんのこと覚えてないと思いますけど、気づかれてるようでしたら中止してもらっても結構です」

小野寺は三人の顔写真をじっと見ている。古い替えズボンを穿《は》き、上衣はジャンパーだ。ニューナンブM60はジャンパーの内ポケットに入れているのだろう。左手には使い古した軍手をはめている。

「どんな場所か分かりませんけど、三人ですから、一人ずつ撃つのは無理です。一人やっても二人は走りますから」小野寺は顔写真を見ながら言った。

「一人やれるだけということ?」

「そういうことになりますが」小野寺は間をおいて、「撃つ自信はあるんですが、そんなチャンスがあるかどうか」と言った。

「どんなチャンスなんです？」根尾は少し不満に思った。

「マグナム44は持ってきましたか？」

「ここに入っています。サイレンサーは付けています」

「マグナム44やったら、三人が一直線に並んだときに、首を撃ち抜けば、三人いけます。背の高さが違いますので、頭に当ててしまえばダメですが、肩辺りなら三人ブチ抜きます。一番手前の奴の首を撃つときに二人目、三人目の背の高さを見て、狙う角度を決めます」

「でも、一直線になるときといっても、一瞬でしょう。そのとき周囲に人がたくさんいたりしたら、撃てないでしょう？」

「どんな店か見に行きますけど、三人の近くの席にわしは座ります。二時間ぐらい居るから、チャンスは一回はありますやろ」

「三人ともやれたとしても、逃げ切れますか？　捕まれば、五人のうちの二人は生き残りますよ」

「肝心の長谷川を残して死ねないという気がありますんで、捕まりません。周囲の人間は皆、自分のまわりでこんな大きなことが起こっているとは思いませんから、案外ボンヤリしたままでして、捕まえにくる者なんかおりませんわ」

小野寺は過去の経験を語るように言った。相当なことをしてきたのに違いない。

「それでいきましょうか」根尾は言った。

小野寺は大きく頷いた。

「私もその店にいますので、それらしい客が来たと思ったら私の方を見てください。奴らだったら合図しますので。三人をやったのを見て一足早く店から出てタクシーを拾っておきます。待っていなければ、一人で逃げてください」

小野寺は頷き、「マグナム44、借りときます」と言った。

綾部はショルダーバッグから、マグナム44を取り出した。サイレンサーを取り付けているので随分長い。

「もらったときのまま、マメは六発入っています」と根尾は言った。

小野寺はマグナム44を懐かしそうに見つめ、両手で受け取った。

「こいつは命の恩人なんですわ。二回助けてもらいました。今度も上手くいきますやろ……。ニューナンブ、持っておいてください」

小野寺は内ポケットからニューナンブを取り出して根尾に渡した。根尾は黙って受け取ったが、随分小さく思えた。小野寺はマグナム44をジャンパーの内ポケットに入れた。内ポケットは、特別大きな布で作られていた。

「店の中でも外でも、何があっても、走らんといてください」小野寺はポツリと言った。「走ったら、終わりですから」

「どうしてです？」

「現場は予想しないことばっかり起こります。それが怖いから走り出すんです。走ったら、周りの人間が我に返って、一一〇番したり、捕まえに来よるんですわ」

根尾の予想しなかったことだ。聞かなければ、きっと走り出している。

午後七時に三人は店に来る。あと四十分、丁度良い時間になった。

「行きましょうか？」根尾は声が震えた。

背筋が寒いのは、撃ち殺すのが三人全部になるか一人になるかということよりも、小野寺を騙していることが原因している。小野寺は頷いて立ち上がり、いつの間にか入口に居た老女に千円渡して外に出た。

「先に歩きますので、後から来てください」根尾はそう言って、先を歩いた。

三分足らずで目的の店に着いたが、早く感じられた。途中後ろを振り返ると、小野寺は散歩しているようにブラブラ腕を振って呑気《のんき》そうに歩いていた。一種の怪物だな、と根尾は思った。誤認逮捕したときの小野寺とは違う。怪物は五人を片づけて、死のうと覚悟している。バレればきっと撃ち殺される。

その店は思っていたとおり、少し高級な居酒屋だった。長いカウンターがあり、板前が三人いる。詰めれば六人座れる座敷《ざしき》席が襖《ふすま》で区切られ、三席ある。接客係の女性が三人いた。一番奥の席には、〝予約席〟と書かれた小さな札が掛かっている。根尾は予約席の方に近寄った。

「ここはアカンな。後からたぶん、四人来るんやけど、どこがいいですか？」と接客女性に言った。

そして、札のない二席を見て回った。ターゲットからは見えず、小野寺からは見える座敷席を探した。奴らに見られないで小野寺に合図できるのは予約席の隣だった。

入ってきた小野寺は、根尾が良い位置だと思っていたカウンター席に座った。根尾は誰にも気づかれないほど軽く小野寺に合図をした。小野寺もそうした。

接客の女性が、「五人、用意しておきますので」と言って、「来られるまで、ここで待たれますか？」と聞いた。

「待ってますけど、お茶をください」根尾は言った。

小野寺も茶を飲んでいるのが、少し開けた襖から見える。

腕時計を何度も見るが、一向に時間が過ぎない。客が二人と三人の二組、合計五人入ってきた。そのたびに心臓が痙攣《けいれん》するほど、身が固くなった。

七時三分前、三人が遂に姿を現した。目のが、四人いる。一人は、会計係の堤だった。目の前が暗くなった。心臓の痙攣が実際に起こったのではないかと思うほどだ。堤がいる所で、三人を殺すわけにはいかない。きっと堤は、総務課長に誘われたのに違いない。日を変えようかと思ったが、こんなチャンスはまずない。この機会を逃せば、もう来ない気がする。

小野寺を見ると、じっとこちらを見ている。

根尾はあの男三人だと目で伝えた。小野寺は、オーケーした後、女、女と合図してくる。根尾は、携帯を掛ける振りをして、四人に気づかれないよう音を立てずに店の外へ出た。

「あの女、何ですか?」追うように出てきた小野寺が言った。

「署員なんです。追い出しますから、席に戻っていてください」根尾は落ち着いた口調で言った。

小野寺は無言で店に入っていった。根尾は堤の携帯を鳴らした。

「堤さんですか? 根尾ですが、娘さんのことでお話ししたいと、綾部署長が言われてるんですけど、公舎へ来てくださいと言われてましたよ」

「何のことでしょう。今すぐですか?」

「そうみたいです。香芝君のことではないのですか」

「すぐ行きます」

「私から署長に電話しときますので、すぐ行ってください」

「お願いします」堤は自分の言葉が終わらないうちに、携帯を切った。

根尾は店から堤が出てくるのを、路地に身を隠して待った。二、三分で堤は出てきて、本署の方向へ小走りで行った。

署長は今晩実行することを知っているので、堤に上手く言ってくれるだろう。

店内に戻ると、小野寺も三人も同じ所にいる。根尾は堤がいなくなったことと、この状況を目にして、いよいよこれからだと改めて思った。心臓が激しく打ち始めた。

小野寺は背中を見せて、ビールを舐めている。

「いつでも」根尾は小野寺の背中に小さく言って、通り過ぎた。

根尾が席に戻ると、小野寺は席におらずレジにいた。支払いを済ませ、ゆっくり、こちらへやってくる。

いよいよやる。根尾は座敷席を出てレジに急いだ。

「連れが、来れなくなりまして」と言って、財布を取り出した。

「結構ですよ」接客の女性は笑顔で言った。

根尾は外へ出ると、タクシーを探した。来るときには、あれほど目に付いたタクシーが一台も来ない。今にも小野寺が飛び出してくる気がする。焦っても仕方ないと思ったとき、タクシーがやってきた。急いで手を上げると、極端にスピードを落としたような気がした。

そんなときだ。

店内から小野寺がゆっくり出てきた。根尾を確認すると、軍手をした左手を上げた。根尾も思わず左手を上げ、タクシーの後部座席の奥に詰めた。小野寺はブラブラと歩いて、タクシーに乗り込んできた。

硝煙のにおいがする。根尾は運転手に嗅がれないよう窓を開けた。小野寺も開けた。

「どこまで?」運転手は前を向いたまま、邪魔くさそうに言った。

「小坂《こさか》の方へやってください」根尾は黒川署と反対方向を言った。

運転手は返事もしないで、いきなりスピードを出した。そのため、後頭部を座席のソファにやや強く打ちつけた。

「ゆっくり行かんかい。何を急いどるんじゃ」

小野寺は何を思ったのか、やっぱり興奮しているのか、ドスを利かした声でそう言った。根尾は怖くなって、思わず小野寺の手首を押さえた。

運転手は、只者《ただもの》ではないと思ったのか、「すんまへん」と言ってスピードを急に落とした。そのために今度は、頭だけ残して体だけ前へ行った。「すんまへん」と運転手はまた言った。

根尾は押さえた小野寺の手首に力を込めた。

「痛いですわ」小野寺は言った。

何が痛いのか？　根尾は小野寺の手首に目をやった。軍手を根尾の左手が力一杯摑んでいた。

「すいません」小野寺が手のひらにフォークを突きさしたことが頭から消えていた。根尾はあわてて左手を放した。

しかし、小野寺の笑顔を見て、ことは上手く運んだ、と思った。

「この辺で停めてください」根尾は言った。

タクシーを降りると現場から遠く離れた気がして落ち着いた。

「寿司《すし》でも食べましょう」

根尾は寿司屋に入った。腹などすいていないが、どうだったのか、結果を早く聞きたい。

「上手いこといきました。乾杯ですね」と小野寺は言った。

そのひと言で、根尾は何もかも上手くいったと思った。少しでも上手くいかなければ、小野寺ならそうは言わないはずだ。

ビールで乾杯した。腕時計を見ると、まだ七時半だ。三十分ほどしか経っていない。

「食べてください」根尾は言った。

「ええ冥途《めいど》の土産になります」

「冥途へなんか誰も逝きません」

「あの喫茶店のおばちゃんは、自殺したヨメハンの母親ですんや。失礼なことでしたけど、許したってください。ヨメハンが死んでから、わしに怒ってますのや」

三人射殺したことに関係のないことを言ったようだが、小野寺にしてみれば一番関係のあることだ。

「そうでしたか。こちらこそ失礼なことしましまして」

子は、老女の様子から、小野寺の義母かもしれないと思っていた。「次もあそこで打ち合わせしましょう」

「ありがとうございます」小野寺はビールを飲み干した。

何も注文しない小野寺に、根尾は自分と同じものを注文した。

「あまり食えませんので、ほっといてください。アルコールも久し振りです。美味いです」と小野寺は言う。「係長さんが店から出られてから、すぐにわしは三人をやりました」

小野寺は三人を射殺した経緯を話した。

根尾がレジへ行き、店の外に出たことを確認して、小野寺はターゲット三人の席に向かった。

出口と逆の方へ行く小野寺を不思議そうに見る板前に、「ちょっと知ってる人やから挨拶しますねん」と笑顔で言った。板前も笑顔で返した。

「失礼します」と躊躇なく言った小野寺は、靴をぬいで座敷に上がった。

そして、襖を閉めて正座した。

「突然、失礼します。私はこういう者ですが」と小声で三人に言い、内ポケットから名刺を出すようにマグナム44を取り出した。

三人は驚きの余り声が出ない。

対面している三人を一発でやるのは不可能だ。小野寺は、息もつかせない速さで三発、三人の心臓を撃った。

マグナム44のサイレンサーの完璧《かんぺき》さを、小野寺はよく知っている。アメリカ海兵隊愛用のこの拳銃は、ほとんど暗殺用に使われるので、無音であることと殺傷能力が優れていることが特徴だ。息の根が瞬時に止まったのも、小野寺には解った。

ゆっくり立ち上がり靴を履いた。板前も接客の女性も気づいていない。

板前に頭を下げて店外に出た。店内に変わった様子はないのを確認して、タクシーに乗り込んだ。

根尾は顔面蒼白《そうはく》になって話に聞き入った。

「今頃、気づいているでしょうね」根尾は刑事らしくないことを言ってしまったと気まずかった。

「後は長谷川ともう一人ですね。これでヨメハンと娘も浮かばれますやろ」

小野寺は財布の中から、渡しておいた副署長の顔写真を取り出して見始めた。どこの誰なのか聞かない。「早よやってしまわんと、捕まってしまう」と独りごとのように言った。

八千五百万盗難事件の実行者五人のうち三人、総務課長、警備課長、公安係長が撃ち殺されたとなれば、少なくとも残り二人、副署長と刑事課長は関連があるのではないかと疑うはずだ。まして捜査本部の三課員で気づかない者はいない。

「残り二人、早くやってしまうことが大事ですよ。死人に口なし、と言うから」根尾は言った。

捜査三課員をどうするかについて、綾部署長がどう思っているのか知りたい。組織が相手となれば、自分の手に負えることではない。

「早く段取りしてください。長谷川にぶち込むマメ、一発では気が済みまへん。せやから、長谷川は最後にしたいんです」

「もう一人を出来れば明日やりたいので、連絡待っていてください」

「長谷川をやるまで、マグナム44をわしに貸しといてくれませんか」

「私はニューナンブがあれば充分です」

小野寺と別れた。

根尾の心は乱れていた。

八千五百万盗難事件の被疑者五人を殺害したのは小野寺になる。被疑者が五人とも殺されたとなれば世間は納得しない。五人の殺人事件の被疑者、小野寺は死ぬつもりでいるが、とりあえず死んでもらわなければ困る。死ねば、すべて小野寺一人の罪にできる。しかし、そんな組織的なことは綾部署長に任せればいい。自分のできることではない。言い出したのは署長だし、そのために自分を一億で買収したのだ。だから、自分のしていることはバレない。目的は一億手にすることだ。

明日報告に行くが、とりあえず今晩の一報を入れた。

十八

十時のサンドイッチを食べていると、携帯が鳴った。

根尾からだ。三人殺されたということは新聞に載っていないし、テレビでも放送されていない。だが、確かに三人は殺されている。その証拠に、出勤していない。朝会が寂しかった。

「今すぐ、来なさい」綾部は出るなり言った。

根尾は反発してすぐに来ないだろう。それでも三分ほどしてやってきた。

「昨日はごくろうさん。上手くいったようだね」

「今晩、副（副署長）をやりますよ。副さん、今晩どこかに行くの、家に帰るの？」

「家に帰ると言ってたから、帰るんでしょう」

「こっちは命がけなんやから、いい加減な言い方をしないでくれる」

「随分な喋り方だね」と言って綾部は苦笑いした。

「一晩に三人もやったんだから、人生観も変わるのが当然でしょう」

「どう、変わったの？」

「尊敬していた署長さんが、尊敬できなくなった、というところかな」根尾はそう言って笑っている。

「今晩、本当に副さんは家に帰るの？」

「『昨日の夜の件で、指示事項があるから自宅で待機せよ』と言ってあるから、必ず帰るよ。彼は、自分も殺されると泣き付いてきたの。何故殺されるのか聞いたけど言わなかった」

「情けない奴やなぁ。今晩やってもええんやな？」

「いいよ」

「ところで綾部署長さん、五人も黒川署の幹部連中が殺されても、社会的に大丈夫なん？　私の心配することやないけど、署長さん自身は心配やないの？」

「あなたなりに心配してくれているんだね。……そりゃあ心配だよ」

「人間として大事なことは、何て言い出さないでよ」

「今朝の新聞やテレビ、見たの？」

「見たけど、新聞には載ってないし、テレビでもやってなかった」

根尾はそう言った後、何かに気づいたのか急に口を閉じた。

「気がついたことを言ってみなさい」と綾部は言った。

根尾は大きな手で口を塞《ふさ》がれたように、口をモゴモゴさせている。何をモゴモゴさせているのか。綾部はそんな根尾が、おかしくなってくる。

「口が利けないようだね。バチが当たったんだよ。私に横柄な喋り方をするバチだ、きっと。代わりに言ってあげようか？」

根尾は頷いている。

「昨夜、あなたからの一報内容を、本庁へ連絡したの。マスコミに報道規制を掛けるようにと言ったの。何故だか解る？　解らないよね、言ってあげよう。近いうちに殺される二人を含めた五人は、警察組織を崩壊させるノンキャリアのエリートたち、つまり組織の癌だから、切除しなければ組織全部が癌になってしまう。マスコミは自社の生き残りをかけてまで、報道しないよ。そんな正義感は今のマスコミにはない。……解った？」

「よく解りました」根尾は口が利けるようになったのか、小さく言った。「報道規制とは、それほど徹底されているんですか？」

「マスコミの口を封じることは案外簡単なの。警察官三人が一挙に撃ち殺された大事件で目撃者もいるけど、それは世間に知れ渡ればのこと。知れ渡らないように報道規制をかけるの。マスコミは納得しないけど、もし漏らせば政府からの援助は一切しないと言う。マスコミは国からにらまれれば会社は潰れてしまうことをよく知っている。会社の命運を懸けてまでする報道ではないと最終的に判断するわけ」

「居酒屋の目撃者は？」

「基本的にはマスコミと同じだけど、権力じゃなく金を使うよ。大金を渡せば人間は秘密を守る。例えば、一千万渡すから黙っていてくれ、しゃべれば殺すと言えば決してしゃべらないよ」綾部は自ら頷いた。そして、「人の命は羽より軽いけど、あなたはキャリア側に付いた人間だから大事にしてるんだよ」と関係ないことを言った。

「署内が騒ぎになってないのは、どうしてですか？署員は綾部署長の指示命令だと思っていますよ」

「マスコミでも規制できるんだから、署内など、鶴《つる》の一声ですよ。話題にしない方が効果は大きいけれど、まずはタブー視することでしょうね。そもそも教育ほど大切なものはないの。警察官ほどよく職業教育された組織人はいない。組織の恐さと有り難さを徹底的に教育され、体にしみこんでいる。箝口令を敷けば絶対にしゃべらない警察官づくりが警察教養なの」

「三人の死体はどうなったんですか？　これは隠せないでしょう」

「あなたたち刑事には信じられないでしょうが、〝裏社会〟つまり〝掃除屋〟というものが、この世の中には現実にあるらしい、否、あるんだよ。一部の公安警察の分野と裏で通じている。掃除屋は、警察を裏切ったりすれば全滅させられることを知っているので、そんなバカなことはしない。今回は店に対して、掃除屋が硬軟織り交ぜて働き掛けたと、公安課長が言っていたよ。

　国家的見地からとか、公共の福祉とかいって処理しているのは、この種のことだよ。驚いた？　私が黒川警察署長に転勤になったのは、ノンキャリアのエリートたちの不正をなくすためだから、本庁は掃除屋の手筈も取ってくれるのは当然だよ。

　人間を動かすにはまず恐怖、次に金、最後に人格とは、現代社会に通じるマキャベリの『君主論』にも載ってることだよ。現にあなたも私の一億で動いたじゃないの」綾部は自慢たらしく言った。

「もういいですよ。それほどノンキャリアが怖いんですか？」根尾は言った。

「違う角度から見たらそういうことになるのかな」

「今晩、副を殺りますんで、よろしくお願いします」

「解っていますよ。……キャリア側に付いたので大事にしているけれど、一億は別。きっちり渡すわ」

「ありがとうございます」

　綾部は根尾が素直になったと思わない。一時的なものだ。一億が欲しいだけなのだと思う。

　根尾は、帰宅する副の後を付けて小野寺に撃たせる、と言った。

「刑事課長が、気づいている。神経を尖らしているから、注意して。貸与された拳銃の所持許可をくれと言ってきたので、許可したわ。彼が騒がないのは拳銃を持っているからだよ。やる方法は、あなたに任せているけど、私を利用してくれてもいいんだよ。遠慮なく。彼は自信を持っているので強敵だ」

根尾は頭を下げて署長室から出ていった。

一人になった綾部はソファに身を沈めて、自分が本当の悪人になったことを改めて自覚した。根尾と話をするといつも疲れるのは何故だろう、と思いながらウトウトした。


高校三年生のときのことだった。

ブルテリア種の犬、ゴンちゃんが死んだ。五年しか生きなかった。我が家に来たとき生後四十日ぐらいだったが、耳が全く聴こえなかった。三、四日経った頃に気がつき、父からブリーダーにそのことを伝えてもらった。ブリーダーは引き取ると言ったが、どうしようかと父母と相談した。引き取ってもらえばゴンちゃんはきっと殺される……。

こんな可愛い犬もない。白い子ブタのような外観で、頭が胴体の半分ぐらいの大きさがある。小さな耳がいつもピンと立ち、小さな目はいつも質問しているようで、顔が三度ぐらい傾いている。機敏な動きのテリア種と闘争本能に富むブルドッグ種をかけあわせて、英国で作られた犬種だ。〝美しい闘犬・ブルテリア〟と言われている。

因《ちな》みに、咬む力は他種の倍ある。闘犬にとっては、喧嘩も遊びの一つだが喧嘩などさせない。どうしても飼いたい……。念願の犬が目の前にいる。返すことなどどうして出来ようか。

「目が見えへんかったら飼うのは難しいけど、耳が聴こえへんぐらいなら大丈夫やで」と、獣医の女先生は言ってくれた。

喜びに溢《あふ》れて飼い始めた。〝飼い主の寛容性が試される犬種〟とも言われるほどいたずら好きなブルテリア。ゴンちゃんもそのとおり、何をしても遊び感覚の底抜けの陽気さだ。耳の聴こえないことなど問題ではない。聴こえないことを、こっちが忘れている方が多かった。聴こえているようでもあった。

よく食べ、よく眠り、よく遊んだ。私がムスッとしていると、ジャンプして体当たり、「ぼくと遊ぼう！」。

誰かと話していると、激しく吠《ほ》える、「ぼくと遊ぼう！」。

その後、ドッグフードを腹一杯食べて、ぐっすり眠る。私もつられて同じようにした。

四年が過ぎ、私が高校二年生のときだった。ゴンちゃんに異変が襲った。いつものように、狭いガレージに一緒にいたときだ。

「ゴンちゃん、目、回れへんのんか？」と、見ているだけで大笑いさせてくれるゴンちゃんに声を掛けていた。

グルグルとガレージを全速力で走るゴンちゃんは、ピタリと止まった瞬間、バタッと横倒しになり前脚と後脚をピンと伸ばして、口も半分開けて痙攣を始めたのだ。

小柄だがパンパンに張った筋肉質の体は地響き立てて真横に倒れ、完全に失神状態になり、前脚と後脚四本が棒になって硬直し、ブルブルと全身が痙攣し始めた。何が起こったのか、私は青ざめた。

かなり強くゴンちゃんの体を揺さぶったが、その両目は空中をボンヤリ見つめ、虚《うつ》ろな瞳《ひとみ》は焦点が定まらず魚の目のようだ。

「ゴンちゃん！　ゴンちゃん！」聴こえないゴンちゃんの耳に何度も叫んだ。

痙攣は一分もしないで止まったが、再び始まる。それを何度も繰り返した。そのたびに小便、大便が飛び散った。ゴンちゃんはすっかりそれにまみれてしまった。

毛布でゴンちゃんを包み、獣医に駆け込んだ。二、三組待っていたが、かまわず診察室に入りその旨伝えた。急いで注射でもしてくれるとばかり思っていたが、例の女先生は意外に落ち着いている。

「ゴンちゃんは生まれつきのいわゆるテンカン持ちなんですよ、犬も同じなんです」と言い、「現在のところ、治療の方法がなくて、症状を和らげる薬ぐらいしかないし、それも犬によっては効かない場合も大いにありますよ」と言った。

汚れた手や袖口《そでぐち》を見つめ、やっと臭さにも気づき、「どうしたらいいんですか」と不機嫌に尋ねた。ゴンちゃんは高さ一メートルぐらいの診察台の上で、薄目を開けて意識不明のままだ。

「テンカンでは死にません。これから先は、一ヵ月か二ヵ月に一回ぐらいこんな発作が起こるでしょう。そのときは、ただじっと見ていてやってください」と女先生は言った。

獣医らしくないことを言うなぁ、神父さんのようなことを言うなぁ、と思いながら呆然《ぼうぜん》となった。テンカンは犬の寿命を縮めるものではないが、年取るたびに失神する回数は多くなる。運命として受け入れるしかない、と再度言われた。

女先生に言われたとおり、テンカンは遠慮なくやってきた。いつ起こるか分からないのに、何度も起こった。テンカンに慣れるということはなく、苦しさだけが大きくなるようだった。ゴトッ、という音がガレージですると心臓は縮んだ。

朝、ガレージに出ると発作が起こっているときもあった。発作が去った後、大小便にまみれた体を洗ってやる。さすがにそのときのゴンちゃんはぐったりと疲れ、鼠《ねずみ》のような顔になってボオッと私を見ている。尻尾はそれでもゆっくりと振りながら……。

早く死んで……といつしか願っていた。

なんという人間なのだ、と自己嫌悪に陥《おちい》りながらもゴンちゃんのあの苦しみを見てはいられない。

ゴンちゃん、早く楽になって……。

ある日、帰宅すると大小便にまみれたゴンちゃんがフラフラと私のところに寄ってきた。そのたびに、ゴンちゃんを洗い、ハウスを洗うことに閉口していたことと、テスト前で疲労していたことが重なって、気が変になっていたのかもしれない。私は泣きながらゴンちゃんを蹴《け》り飛ばし、持っていた箒《ほうき》で頭を二発、三発と叩いていた。

……ゴンちゃんは、こっちへ来るのを止めて、じっと見つめ、「ワン、ワン、ワン、ワン」と、小さく悲しそうな寂しそうな声で鳴いたのだ。何か言っている。初めて見せる行動だった。文句を言っている……。いまではすっかり痩せてしまい以前の面影《おもかげ》はない。それでも尻尾《しりお》はゆっくり振っていた。

そんなゴンちゃんを尻目《しりめ》に、冷たく家の中に入ったのだった。

それから十日後ぐらいに、学校から帰宅するとゴンちゃんは睾丸《こうがん》の皮がどういうわけか破れて、そこから流れ出た大量の血の海の中で、血にまみれて死んでいた。凄惨《せいさん》な死であった。

真っ白くなったゴンちゃんの唇は硬直していた。こんなに硬くなるものなのか。硬直した唇を指でもてあそびながら、溢れ出る涙をそのままにして泣きに泣いた。

ゴメンね、ゴメンねと思いながら、確かにホッとしている部分があった。それはゴンちゃんの苦しみがなくなったことよりも、自分が苦しみから逃避できた安堵感であった。


ゴンちゃんのことなど、今になってどうして夢に見たのだろう、否、あれは夢ではない。記憶だ。ゴンちゃんが死んでしまったとき、自分のような人間を飼い主に持ったゴンちゃんが可哀想でならなかった。私に犬を飼う資格はない。が、ひと月も過ぎた頃には、大人になったらブルテリアをきっとまた飼おうと思っていた。

根っから自分は冷淡な人間なのかもしれない。ゴンちゃんのことなど忘れていたのだ。思い出す機会がなかったのか若しくは無意識に避けていたのだ。ハッキリ言ってしまえば、ゴンちゃんのことなど脳裏になかったのだ。

ひょっとすると、現在こうなったのは、ゴンちゃんの怨念かもしれないと一瞬思った。が、バカなことを思ってはいけないと瞬時に否定した。神だの仏だのは人間が創造したものだ。人間が初めに在った。

綾部はゆっくり目を開けた。

そこにゴンちゃんも根尾もいなかった。

十九

「黒川署の道路を挟んだ真向かいに和菓子屋があります。その和菓子屋の前がバス停になっています。バス停に六時にいてください」

根尾は今日も午後三時に小野寺に連絡を取った。

「ターゲットはクロケー（黒川警察署）の人ですか？」

「副署長ですけど、小野寺さんの顔は知りません。六時に私もバス停に行きますので」

電話を切った根尾にとって、あと三時間がどうしようもなく長い。そっと長谷川に目をやると、いつものように書類か本を手に持って見ている。奴には時間の長さがないのか。トイレと食事に立つぐらいで、一日中ああしている。五時四十五分になれば、夢中で仕事をしている課員、つまり部下に遠慮することなく、さっさと安物の手提げ鞄《かばん》を足元から取り出し、何も言わないで帰る。

おまえは女性の敵だ！　五時四十五分で帰るのも今日で最後。明日はいよいよおまえの番、生きて帰さない。拳銃を持っているらしいけど、そんなもの、あってもなくても同じ結果になる！

本を机上に置いて、こちらへやってくる。机の前まで来た。

「あんた、やっぱり、わしを犯人の一人やと思てるんか」と聞いてきた。

「ああ思てる」根尾は応えた。

「わしやないで」

「もう、どっちでもええ」

「今朝から、総務課長と警備課長と公安係長が出勤してないんや。どうしたんや？」

「知らんがな」

「あんたら、三課と一緒になって、逮捕状請求する人間やないか。わしと副さんも入ってるんやろ」

「知らんがな。早よ向こうへ行け。性格、移りそうや」

刑事なら被疑者が誰であろうと敬語は使わない。長谷川は向こうへ行った。

知らんがな、とは便利の良い大阪弁だ。自分に関係のないことだから知っていても知らなくても、知らんがな、そのひと言で通じる。長谷川に対してピッタリの言葉だと根尾は思った。

何とか五時半になった。もう少し辛抱しようと思ったとき、香芝が声を掛けてきた。

「どうしてこの頃、署長室にも一緒に連れていってくれないんですか？　なんにも悪いこと、してないつもりですけど」

「ちょっと言えないことなんで。終わったら言うから。助けて欲しいときは頼むわ、頼りにしてるんやで。今日も一足先に出るけど」

「係長のことが心配なんですよ。気ぃつけてください」香芝は嬉しそうに言った。

腕時計を見ると、六時十五分前になっている。根尾はショルダーバッグを襷に掛け、「ごめんね」と香芝に言って席を立った。一階に下り、副署長席を見るとまだ座っている。彼は六時三分を過ぎた頃、いつも署を出る。

根尾は副署長がこちらを見ていないのを確認して署を出た。バスを待つ列に小野寺はいない。横断歩道を渡りバス停の直近に行くと、小野寺は和菓子屋の中にいた。出してもらった茶を飲んでいる。根尾も和菓子屋の中に入った。

女店員が奥から出てきて、「刑事さん、いらっしゃいませ」と大きな声で言った。

「バスが来るまで、美味しそうなお菓子、見せてもらってもいい？」根尾は笑顔で言った。

「買ってくださるときは、声を掛けてくださいね」と女店員は言って、茶を置いて奥へ戻った。

根尾は小野寺の横に座り、極めて小声で言った。

「バス停でターゲットに話し掛けますので。……いつでもやってください。私は周辺に居ますから」

小野寺は、「おおきに」と奥に言って店を出た。副署長が本署から出てきた。根尾は、「ありがとう」と言って、副署長がバス停に並んでから店外に出た。副署長の二人前に小野寺がいる。

「お帰りですか？」根尾は副署長の後ろから軽く声を掛けた。

副署長は、弾《はじ》かれたように後ろを振り返った。

「すいません。ビックリさせて」根尾は笑顔を作って言った。

あの傲慢な人間がこれほど怖がっている。ひと思いに殺してしまうのは惜しい気がする。

「ああ根尾係長か」と言って余所見をした。

それっきり声を掛けてこない。小野寺に目をやると、新聞を見ながら、わずかに頷いている。副署長をしっかり認識したようだ。

バスが来て、三人は乗り込んだ。

「どこまで行かれるんです？」根尾はバスが動き出し、しばらくしてから聞いた。

「世良川《せらがわ》や、終点の一つ手前や」

「私は終点です」

「そうかいな。ところであんた、帳場へ行っとるんやなぁ……。ところで……」

「何ですか？　何でも言ってくださいよ」

案の定、副署長は出勤しなかった三人と多額盗難事件は関係あるのか、そして、副署長自身の逮捕状を請求するのかどうかを聞いてきた。刑事課長と同じことだ。

「三人は自宅におられるんですか？」

「おらん、行方不明や。そんなことより、わしまで逮捕されるんかいな」

「令状請求を近いうちにして逮捕されます」根尾はハッキリ言ってやった。「本当は言ってはいけないことですけど、副署長ですから言ったんです」

副署長は顔色を無くし、バスの中だというのにその場にうずくまってしまった。もうすぐ、世良川バス停だ。

「バレたら泣くとは、日頃の副署長からは考えられませんねぇ」

副署長は頭を両手で抱《かか》え、恥も外聞もなく泣き始めた。全身をブルブル震わせ、泣き声まで聞こえている。乗客は見て見ぬ振りをしている。

「なんぼ泣いても、あとの祭りいうことですわ……。世良川に着きましたよ。家まで送っていきますわ」

小野寺は頷いていない。自分の妻子の自殺と関係ない話だと思っているのだろう。

世良川で降りたのは、三人だけだった。根尾は副署長を抱えるようにして先に降り、小野寺はその後から降りてきた。終点は大規模開発された住宅地になっているが、一つ手前は田舎といった感じだ。道路も狭く車も人もチラホラとしか通らない。三人を降ろしたバスは、かなり暗くなったバス道をあっという間に行ってしまった。

「家はこっちですか？」と根尾は言いながら、緩やかなわき道に入った。

「そっちと違う。向こうや」副署長は後ろを向いて指差した。

振り返ったところに、小野寺がサイレンサー付きのマグナム44を腰に構えて立っていた。

「何するんや！　わしは一銭も盗ってない」副署長は泣きながら言った。「殺さんといてくれ！」

小野寺は何も言わないで銃口を副署長に向けている。今にも弾《はじ》きそうな感じがする。

「小野寺さん、弾くのちょっと待ってください。この男は、本署の会計から八千五百万もの証拠品の金を盗った犯人でもあるんです。何故盗ったのか聞いておきたいんです。言った後、弾いてくださって結構ですから」

根尾は小野寺に、妻子の自殺と関係のないことを気づかれまいと、必死の思いで言った。「今やってる事件の動機ですから、退屈でしょうけど、我慢して聞いていてください」

「よろしいで」小野寺はボソッと言った。

三人はバス停に戻り、長椅子《ながいす》に副署長を挟んで座った。蛍光灯が点いているので明るく、小野寺の様子がよく観える。

「あんな大金を盗って、そもそも、どうするつもりやったんや？」

根尾は小野寺に不審感を持たれないよう、一つ一つの言葉を選択して喋った。副署長は話し始めた。

「キャリアとノンキャリアでは頭の構造が違うんやろ。ノンキャリアはやっぱりすることが野暮ったいしスケールが小さい」

「…………」

「ノンキャリアは、キャリアのようなええ脳ミソは持ってへんけど、やることの激しさは負けてへん。とにかく数が多いんで、三人寄れば文殊の知恵というう。ノンキャリアならではの、いわゆる土着民の〝流儀〟みたいなもんを持ってるんや」

「〝流儀〟て何や？　どんな〝流儀〟や？」

予期しないことを聞かされた根尾は、そんなものがあるのかと思った。確かにキャリアに虐げられて地べたを這って生きてきたノンキャリアだ。彼らは一体何を考えているというのか。

「大阪のことは大阪人で片づけるというか、大阪を知らないキャリアに何が解る、そこまで触れて欲しくないという自負みたいなもんや。どこの府県でも独特の流儀がある。今回の八千五百万の窃盗が、何故発生したんか解るか？」

「解らんから聞いてるんや。動機は何やねん」

「綾部署長がこの春、本庁へ帰ることは分かりきったことや。次もキャリア署長が来るやろ。署の幹部、つまり課長連中が、今後辞めさされんようにするためにはどうしたらええか、考えたんや。多額の餞別に限るとなった。これは必ず引き継がれる。一億の餞別は今までのキャリアに対する大阪の流儀や。大阪初の若いキャリア女署長さんに対しても同額にしておこうと決めたんや。本署で八千五百万もの大金が押収されることはめったにないから、一億つくるチャンスやった」

副署長は片方の口角を上げた。

「……………」

根尾はノンキャリアのエリートたちに対する認識を新たにした。この副署長のような傲慢だけの男こそが、トラブル・メーカーかもしれないと思った。動機を知り得ただけで充分だ。今更、逮捕起訴するわけでもない。死んでもらうだけだ。

小野寺は目を真っ赤にして、今にも爆発しそうだ。急いで言っておかねばと思った。

「もうええ、うるさい。何と言うても、あんたはこの人の妻子の命を取った人間や。撃ち殺されて当然や！」

根尾は小野寺を挑発するように、興奮して言った。

言い終わらないうちに、副署長の正面に移動した小野寺は、マグナム44を弾いた。プシュという聞こえないほどの音が、副署長を吹き飛ばしていた。

　すっかり暗いバス道を、小さな二つのライトがこちらに向かってくる。

二十

「駅前商店街の入口に、だんじりを仕舞ってある蔵があるでしょう。その前に、そうだねぇ、四時に来てくれる？　あなたのことは本庁で問題になっているの。聞きたいことがあるんで一人でだよ。物騒《ぶっそう》なもの、持ってくる必要はないわ」綾部は、長谷川刑事課長に電話で言った。

「分かりました」長谷川はしばらく経ってから、不審感たっぷりにボソッと応えた。

　根尾が昨夜、副署長をやったと一報を入れてきたとき、「長谷川は一人にならないし、行動を掴めないから、署長さんから呼び出してくれない？」と言ってきた。場所と時間を決めて長谷川に伝えたのだ。

　悪人は悪事に鋭く反応する。他人の心を見抜き、先手を打ってくる。綾部はこちらの腹を長谷川に読まれているような気がするが、自分が手を下すわけではないし根尾が下す。否、小野寺にやらせる。

綾部は根尾に電話で、「駅前商店街入口のだんじり蔵前に午後四時に待ち合わせた」と言った。

「そんな目に付く場所やなく、道一つ中に入った神社とかはダメなん？」根尾は横柄に言った。

「今更、変更できないわ。それでなくても用心深い長谷川だから来なくなるよ。どうにかするのが、一億の仕事だよ」綾部は実際そう思った。

「分かった。けど、署長さんは来ないの？　呼び出した本人じゃなく私がいると分かったら、来ないよ。長谷川は、早く来てどこかで見張ってるはずやから」

「香芝君に長谷川が大部屋を出たら、連絡させればいいでしょう」

「そんなことは言われんでも解ってる。最初に署長さんが会わないと、成功しないと言うてるんや。最初だけでもいてくれないかなぁ。でないと、神社に誘い出せないよ」

「じゃあ最初いるわ。会ってからは、すぐにいなくなってもいいんだね？」

「すぐじゃなく。神社に誘い出せないの？　私が誘っても絶対来ないから何とかやってみてよ。小野寺もやっぱり、人気のないところがええと言うてるから」

「仕方ないわ。神社に誘ってみるけど、私はそこまでだよ」

「それでええ。そしたら四時に……」と言って根尾は電話を切った。

綾部は、実行者にしか解らない困難さがあるのだろうと思う。そう思ったからこそ、長谷川を強敵だと言い、私を利用してくれとも言ったのだ。綾部は、根尾と小野寺が最初から神社にいるのなら神社で待ち合わせようか、とも思ったが、何やらややこしいのでだんじり蔵前にした。

綾部は貸与された拳銃を、拳銃庫から総務課員に持ってこさせた。総務課長がいないので庶務係長に言ったのだが、おかげで押印することもなくスムーズに持参できた。三時半頃に根尾から、長谷川が大部屋を出たという連絡が携帯に入った。根尾と小野寺に、どこで待つのか聞かなかったのを悔やんだ。たぶん、いやまちがいなく神社だろう。

四時五分前に綾部は本署を出た。五分あれば着く。

江戸時代のような蔵を見つめて、腕時計を見ると二分前だ。長谷川はまだ来ていない。顔を上げると長谷川は目の前にいたので、少しビックリした。

「署長を待たせて何とも思わないの？」

「今のわしにそんな階級意識は通じまへん。生きるか死ぬかの瀬戸際やいうのに、そんなもん」

「呼び出したのは、そんなことと関係ないことです」

「そうでっか。拳銃持ってこんでええ、署長がそう言うたから持って出ましたんや。わしの勘に間違いなかった。持ってきてよかった。裏の神社に根尾と小野寺がいてましてなぁ、二人を撃ち殺すとこでしたわ」

短時間に何があったのか？　悪事を隠さないところに、この男の怖さがある。

「二人はどこにいるの？」

「知りまへん。自分で捜しなはれ。あんたが黒川署員四人を殺したことは、言わんといたる。せやから、わしのタマ、狙うのは止めとけ。今もわしを殺そうと思て呼び出したことぐらい解ってる。それと、あの八千五百万はわしのもんや」

「それが交換条件か？」

商店街はシャッターを下ろした店が多くなったとはいえ、この時間、買い物客は多い。二人は極めて小声で話しているので、通行人からは単なる立ち話にしか見えないだろう。

「二人は無事なのね」

「知りまへんで。さっきも言うたけど、自分で捜しなはれ。……偉そうに言うな、何もせんキャリアが！」

長谷川は自分の言葉にますます興奮してくる。

「随分な言葉だね」

綾部は根尾と小野寺が、長谷川に撃ち殺されるような間抜けではないと思っている。

そんなときだ。

何か懐かしいような声が通行人の中から聞こえてきた。綾部は一瞬で誰か分かり、全身が凍《こお》った。

「クロケーの女署長さんやないか。きょうは、色眼鏡してへんな」

声の方に目をやると、案の定、宝くじ売り場のおばさんだ。どこからどう見ても金持ちには見えない恰好をして、誰に気を遣うこともない大きな声だ。こんなときに会うとは、ついていない。目の前に喫茶店があるのにどうして入らなかったのか。悔やんでも悔やみきれない。

「宝くじ、換金しはったん？　わても見てみたいわ」おばさんの大きな声は続いた。

綾部は長谷川に視線を走らせた。

「宝くじ当たったたて、何のこっちゃ！　一等か？　誰が当たったんや！」長谷川は矢継ぎ早にそう言って、おばさんに抱きつかんばかりに近寄った。

「おたく、誰や？」おばさんは睨み返して言った。

「クロケーの刑事の臭いがするなぁ」

「この女署長さんの部下や。この人が一等当たったんかいな？」長谷川は必死の形相で聞いた。

「そうや。知らんのかいな、部下のくせに。もう一人当たったクロケーの人おるんや。二等やけどな」

早くおばさんを黙らせないとどこまで喋るか分からない、喋られればキャリアとしての将来が消え去っていく気がする。綾部はバッグに手が伸びた。

が、もう一人の署員が二等に当たったとは、どういうことか？　聞きたい強い誘惑にかられ、バッグに伸びた手が止まった。

「そうやったんかいな。わしは今この耳で聞いたで。おばはん、ホンマやな」長谷川が言った。

「わては、ウソと坊主《ぼうず》の頭はゆうたことない」おばさんは得意になっている。

「ミナミのデパートで会ったとき、女署長さんに言うたんやけど、聞こえてへんようやったなぁ」とおばさんは綾部を見て言った。

「聞こえてなかった、何と言ったの？」綾部は、はやる気持ちを抑えて言った。

突然、おばさんの顔が苦痛で歪んだ。綾部の目の前で腹を押さえてうずくまり、そして地べたに俯せに崩れた。何が起こったというのか。

「どうしたの！」綾部はおばさんを抱き起こしにかかった。

上体をやっとのことで起こしたとき、大量の血が腹から流れ出ていた。

綾部の脳裏に、高校三年のときに死んでしまったゴンちゃんのことが蘇《よみがえ》った。ゴンちゃんを見たとき、死んだと直感したように、おばさんを抱き起こしたとき、おばさんは死んだと思った。

綾部は顔を上げた。商店街は、大騒ぎになっている。

大騒ぎの中、長谷川の正面に、根尾が小野寺を支えながら並んで立っていた。長谷川と根尾は互いに拳銃を構えたまま動かない。根尾が構える拳銃は、サイレンサーが取り付けられた兵器のような巨大な拳銃だ。綾部はサイレンサーを見て、根尾がおばさんを撃ったのだと思った。拳銃を持つ白手袋が目立った。銃声などしなかった。長谷川の拳銃は持ち出し許可を与えた警察官の拳銃に間違いない。

どうしたのだろう、皆、動かない。動け、動け！

綾部はこの現実を目の当たりにしながら、署長室のソファでウトウトしている自分が夢を見ているんだと思った。否、思いたかった。

小野寺がおばさんの横に崩れ落ちてきた。綾部は血の気の失《う》せた小野寺を見て、ゴンちゃんがまた死んだと思った。

すると、長谷川が群衆の中にまぎれ込んで走った。群衆は悲鳴を上げて、チリヂリになった。そんな中、根尾は長谷川を追いかけた。

「戻って！　もういいから戻って！」綾部は、置いてきぼりを食ったような気がし、思わず叫んだ。

群衆は、けたたましくサイレンを鳴らしてやってきた救急車によって再びチリヂリになった。が、すぐに群衆は戻ってきそうだ。チリヂリになった群衆の中から、根尾が戻ってきた。白手袋をはめた手にはマグナム44が握られていたが、左腋《わき》に挟み込んでいるのでよく見えない。

「ここへ来なさい！」と綾部は言って、根尾が持つマグナム44をひったくり、死んでいる小野寺の右手付近に置いた。そして、「手袋を脱いで」と言い、それを自分のバッグに入れた。

降りてきた救急隊員に対し、綾部は言った。

「私は黒川警察署長ですけど、たまたまここを通りかかったら、この男とおばさんが倒れているのを見たのです。間もなく署員も来るでしょう。来るまでここにいますので」

「それは、ご苦労さまです」と救急隊員は頭を下げて言った。

間もなくサイレンを鳴らしたパトカー二台が直近までやってきた。降車したパトカー乗務員四名は綾部と根尾を見るなり最敬礼した。

根尾は四名に指示しながら、慣れた手つきで現場保存を自ら行っている。こちらの意図を理解したようだと綾部は思った。別のパトカーや交番勤務員も次々にやってきて、現場はますます騒然となった。

小野寺がおばさんを撃ち殺したようにしたい。根尾は、間もなくやってきた強行犯係の刑事四名に対し、

「この男、小野寺がおばさんを撃った後、倒れたのは見たけど、どうして小野寺が倒れたか分からない」と説明している。

根尾は説明した後、こちらを見て頷いた。

「本署へ帰るけど、もういい？」綾部は現場急行した刑事たちに聞こえるように言った。

「いいですよ、根尾係長もありがとうございました」刑事の一人が言った。

帰署しようとすると、パトカー乗務員が、「送ります」と言った。綾部は当然のように頷いて後部座席に座った。根尾は、すいませんと言って乗り込んだ。

二十一

翌日午前――。

大部屋のドアが嫌な音を立てて開き、「失礼します」という低い声が聞こえた。

西部の声だ。根尾は反射的に立ち上がった。西部が小野寺の仇討ちに長谷川をやりに来たと直感した。

根尾は西部に走り寄り、「どうぞこちらへ」と言って自席の横にパイプ椅子を出した。

西部の顔面は蒼白だ。机の角に膝をぶつけ、緊張の極に達しているのが解った。

「コーヒー、入れますので」と根尾は言って、香芝に目で合図した。

西部は礼を言った後、「課長さんはどちらへ行かれました？」と聞いてきた。

「朝会に行ってまだ帰ってないんです。急用ですか？」

「急用です」と西部は小声で応えた。

「今日来られたのは？」

根尾はそう言ったものの、自分の思いを隠すのがバカくさくなった。

「小野寺のことは、どうしても納得できません。だから、今日はとにかく、妻子の自殺について謝ってやってくれないかと思って来たんです」

根尾は西部がウソを言っていると思った。謝って欲しいなどと今更言うのはおかしい。小野寺はこの世にいないのだ。西部はそれを知らないのだろうか？　知らないのならここに来ることはない。

長谷川が大部屋に帰ってきた。

この男、あれほどの事件が昨日発生したというのに、さして普段と変わった様子もない。繁華街で起こった事件なので、大衆の目があり報道規制は通らない。少なくとも刑事課長として管内発生事件に着手し、指揮しなければならないはずだ。


いつものように、大部屋に入るとまずこちらに視線を向けた。視線がぶつかった根尾は、こんなバカ男でも警視に昇任するのか、否、昇任させる組織なのだと、長谷川個人もさることながら組織への不満が、こんな状況の下でも起きてくる。が今回はそんな生やさしいことではすまない。第一に、綾部署長がそうはさせない。

バカ男は、西部がいることに気づいたらしく、こちらに向けた視線を逸らさない。

「課長は謝りなどしませんよ。謝らなければ、撃ち殺すつもりですか」根尾は西部の動揺した様子にかまわず言った。「謝らないのは充分承知されているはずです。殺すつもりで来たのでしょうが、ここでやってもらっては困ります」

根尾は長谷川が大部屋に帰ってきたとき、西部の後ろから気づかれないように左の腋辺りに触れた。硬い拳銃の感触と共に、西部の固い決心も伝わってきた。

「西部さんなら課長と会う機会は作れますし、一対一にもなれるはずなのに、どうしてここでやろうと思ったのですか」黙っている西部に根尾は言葉を重ねた。

「長谷川をやればその場で自殺するつもりです。遺書を持ってきていますが、預かってもらえませんか」西部は重い口を開いた。

「遺書を私はどうすればいいんですか」

「お任せします」西部は内ポケットから和紙の封筒を取り出し、根尾に差し出した。「私が死んでから見てください」

「ここでは困ります。いつでもやれますから、とりあえず今日は止めてください。遺書は預かっておきますので」根尾は声を殺し、鋭く言った。

目の据わった西部のこんな顔を見るのは初めてだ。頬がピクピク痙攣している。

根尾は遺書を手に持ったまま長谷川を睨みつけ、

「自分の命を絶ってまで、あのバカ面を殺す値打ちはありませんよ。やるのなら妻子を殺された小野寺自身でしょう」と言った。

「確かにそうですが……。長谷川が憎くて眠れないんです」西部は言った。

人間は、そこまで憎まれてはいけないと思う。憎む側には一定の限界というものがあって、限界までならなんとか我慢も出来るが、超えては我慢が出来ない。

「どうしてもやるのですか。我慢はもう出来ないのですか」と根尾は腹を据えて言った。

「もう出来ないですね」西部は即答した。

長谷川はコーヒーを飲みながら、机上に朝刊を大きく広げている。

痴漢の件について取調室で話したときの謙虚な態度とはまるで違う。根尾には、長谷川のこんな豹《ひょう》変《へん》ぶりが理解できなかったが、豹変できるからこそ、徹底した否認が出来るのだと思うようになった。しかし、そんなことはもうどうでもいい。

「奥さんや子供さんはいいのですか？」根尾は西部に言った。

「別れまして、独り者です」西部は躊躇いなく応えた。

西部は立ち上がった。何もかも吹っ切れたような澄んだ顔をしている。根尾は長谷川を殺してしまいたいと憎む西部の気持ちは理解できる。しかし、こんなところでなくてもいいではないかと思うのだ。しかし、もう止めようがない。

根尾は、これはきっと夢の中の出来事なのだと思いながら、西部と長谷川へ交互に視線を走らせた。

西部は課長席に座る長谷川の方へゆっくり歩いた。

長谷川は西部が歩き始めたときから目を離さない。

西部は長谷川の机の正面直近で止まった。

わずか二言、三言言葉を交《か》わしただけで喋らなくなったが、互いに視線は外さない。

ほんのしばらく、一分ほどだろうか。西部は内ポケットに右手を入れニューナンブM60を取り出し、しっかり握り直して銃口を長谷川の眉間《みけん》に突き当てた。

「撃ち殺してくれてもよかったのに、とこのまえ言うたな。そうしたる」西部の低い声が聞こえた。

その声でやっと周りの刑事たちが顔を上げて課長席に目をやった。

次の瞬間、ニューナンブM60が乾いた発射音を発し、火を噴いた。

長谷川は眉間に穴を空け、血をドクドクと流しながら椅子に身を沈ませた。

周囲の刑事たちは椅子から一斉に立ち上がった。がそこまでが精一杯で、一歩も足が出ない。

西部はゆっくりと銃口を自分の顳顬に当て、引き金を引いた。スローモーションの画面を見るように西部は床に崩れ落ちた。

悪夢とはこのことだ。

現実にこんなことが起こるはずがない。やはり悪い夢を一昨日から見続けている。

根尾はどうか夢でありますようにと、現実であることを承知しながら、祈らずにはいられなかった。どんなことをしてでも止めておくべきだったと、後悔した。

根尾が課長席に走り出したとき、大部屋にいた十二、三人の刑事たちも椅子を引っくり返し、机に足をぶつけて、それぞれが意味不明の怒鳴り声を上げて課長席に向かっていた。そして、長谷川と西部を取り巻き、膝を床に突いて二人の臭いを嗅ぐように顔を近づけて凝視した。

他課員も、銃声を聞きつけてやってきた。大部屋は、満員電車のように人でいっぱいになった。中心にいる根尾は四つん這《よ ば》いになり、息苦しくてならない。

「刑事課以外の人は、廊下に出てください！」と根尾は夢中で叫んだ。

「ええんですか？」と言って他課員はゾロゾロ廊下へ出ていった。

まさに殺人事件現場だ。

被疑者死亡の殺人事件。目撃者は刑事十二、三人。初動捜査、特に現場鑑識活動は目撃者が刑事ばかりなので、警察の作為がないことを証明するためにも念入りにしなければならない。

被疑者西部の犯行の動機は極めて重要になる。動機を明らかにすることが被疑者死亡事件の場合の最重要課題だ。動機を解明することは、この種の事件を解決したといっても過言でない。

しかし本件の場合は、如何に報道発表するかが、組織にとっての最重要課題である。前代未聞の不祥事、刑事課室内殺人事件である。被疑者は元警部の階級にあった刑事課長であり、被害者は現役警部の刑事課長である。二人の間に何があったのかに、興味を持たない人間はいない。

何が原因なのか？　こんな事件を生む土壌が組織

にあるのではないか……。隠蔽工作がすでに始まっているのではないかなど、マスコミの真実追究のネタは尽きない。

本件事件処理担当は、本部捜査一課である。

強行犯係長の捜査一課に電話する声が嫌に大きく聞こえる。強行犯係と鑑識係を中心に初動活動がとりあえず進められた。電話を切った強行犯係長が、捜査一課が来るのでそれ以上触るなと指示を出した。皆、自席に着いた。大勢の他課員はまだドア周辺に立っている。室内を覗き込んでいる姿はまさに野次馬、一般人と何も変わらない。

根尾も自席に座った。一刻も早く、内ポケットに入れてある西部の遺書を読みたいがその機会がない。こんな状況、場面はめったにないというより人生で二回はないだろう。刑事の常識として大部屋から出るのは憚《はばか》られた。

静まりかえった大部屋に、先ほどまで生きていた人間が二人、机を挟んで大量の血を流して死んでいる。刑事たちは一言も喋らず、それぞれが呆然とそれぞれの一点を見つめている。

根尾はその中を悠然と歩き抜けて大部屋を出た。ドア周辺にいる他課員からも、声を掛けられることはなかった。トイレに急いだ。個室トイレに駆け込み便座の蓋《ふた》も上げずに座り込んだ。バリッと蓋にヒビの走る音がした。

《根尾さんにはご迷惑をお掛けし、申し訳ありません。

この一文を読んで頂くときは私はこの世にいませんので、言ってみれば気楽に書いています。全《すべ》て読み流してください。

長谷川は死んでいますか。長谷川は小野寺の娘を辱めたあげく、小野寺の妻と娘を自殺に追いやりました。小野寺の怒りの大きさは想像がつきません。その小野寺も長谷川に殺されたのですね。世の中どうなっているのかと思います。

私が長谷川を殺した理由ですが、ひと言で言えば、長谷川が嫌いなのです。どこまでも、いつまでもウソを吐き続ける、人間としての卑しさ。社会の底辺に居ながら、上からのおこぼれ頂戴《ちょうだい》を願っている態度が我慢ならないのです。だから殺しました。信じられないでしょうが真実なのです。小野寺のかわりとか、仇討ちとかもありますが、私自身の長谷川に対する感情なのです。

可哀想なのは小野寺と妻子です。彼らの人生は何だったのでしょう。あの世で語り合います。

根尾さんは階級なんかに負けないで、生きていってください。お世話になりました》

落ち着いた字体から西部の覚悟の深さを感じた。根尾は三回読んで、細かく破りトイレに流した。トイレに流すことに申し訳ない気はするが、承知し許してくれるに違いない。破片の一片も残っていないのを確認してトイレを出た。

大部屋に戻るとドア周辺の他課員はおらず、課長の机を挟む二死体を、捜査一課一個班七人と機動鑑識一個班五人が取り巻いている。その外側にいる七人ほどの私服員は広報課と監察室の者だ。本署刑事課員は追いやられたように、大部屋の一隅にかたまって座っている。

根尾は何も言わずにその一員になり、

「長谷川課長や西部社長の遺族へは連絡したんですかねぇ」と誰にともなく言った。

「一課からする言うてた。何もかも一課がしはるんや」強行犯係のベテラン主任は厭味《いやみ》ったらしく言った後、「課長の自宅は東田辺《ひがしたなべ》や。ヨメハンに逃げられて一人暮らしらしいで。昔の知り合いからピストルで撃たれて死ぬやなんて、人に恨まれるようなことしたらバチが当たる。アカンで」と言った。

「亡くなった人の悪口を言ってはいけませんよ」根尾は心にもないことを言った。

二つの死体はそれぞれ担架に載せられ、死体覆《おお》いを掛けられた。霊安室に運ばれるのだ。全員が立ち上がり手を合わせた。根尾が二人の死に一番関連しているのは誰もが知っている。が、誰も何も言わないのは刑事の仁義のようなもので、当人に負担を掛けない心遣いだ。根尾は刑事のこんなところに男らしさを感じて魅かれる。

午後三時を過ぎた。時間がかなり経ったようなのにそれほど経っていない。機動鑑識は引き上げ、捜査一課員は大部屋のソファに座り込んで目を閉じている。捜査一課を中心とするエライさんは署長室へ行ったのだろう。今後の対応策を練るためだろうが、捜査一課にキャリアはいない。例のように、マスコミに規制を掛ければ済むことだ。綾部署長が本庁に報告した時点で危惧《きぐ》はなくなる。

新米刑事は捜査一課の指示により、床や椅子などに付着した血を拭《ふ》き取《と》り元どおりにした。庶務係の女子職員がやってきて、課長席に花を入れた花瓶《かびん》を置いた。急に昔の出来事のようになり、亡くなった人の席らしくなった。

「めし、行こか」と誰かが言ったとき、交通課長が大部屋にヌボッと現れた。場違いな人が来たので、静かに注目した。

本部からの指示命令で、今朝からのことは一切喋らないように全署員に徹底する、というようなことを緊張して言った。ソファで目を閉じていた捜査一課員は薄目を開けただけで、いつものことだというようにまた閉じた。

交通課長がまだ大部屋から出ていっていないのに、「腹減った。めし、行こか」と同じ誰かの声がした。交通課長は、下を向いたまま大部屋を出ていった。

二十二

「昨日は大変だったけど、今日も大変だったようね」

「何やかんや言うても、やっぱりキャリアの女署長さんには敵《かな》わないです。私も心入れ替えて、ノンキャリアなりに出世するように頑張りますわ」

午後九時頃になって本部員が帰り、やっと一人になった綾部は根尾を署長室に呼びだした。根尾はすぐにやってきたが、昨日今日と連続したことからさすがに疲労の色が濃い。詳しく聞きたいが、大丈夫かと思えるほど衰弱している。根尾でもこれほど疲れるのかと思うと、どこか安心する。

「お疲れのようね」綾部は、しっかりしろと激励のつもりで言った。

「本庁への電話一本で片が付く、キャリア署長さんじゃないですからね。これでも、いろいろ気を遣うんですよ」

根尾は疲れた声で言ったが、何やら嬉しそうでもある。綾部は、やはり同情は禁物だと思い直した。

「昨日のことから聞きたいんだけど、大丈夫だね？」

「当たり前ですよ。何でも聞いてください」

「四時に長谷川とだんじり蔵前で会ったとき、小野寺と二人、どこにいたの？」

そもそも偶然の振りをしてでも根尾が来ていれば、あんなことにはなっていなかったはずだと綾部は思っている。

「約束どおりしたつもりですよ。ああなったのは、私の責任だとでも言いたいんですか？」

「どうしてあなたは宝くじおばさんを撃ったの？」

綾部は一番の疑問を尋ねた。

「小野寺が撃ったんですよ、私じゃありませんよ」

根尾は怒ったように、綾部の間違いを正した。

「私が見たときはあなたが、デカイ拳銃を持っていたじゃないの。小野寺を支えながら」

「小野寺と私は、神社裏で隠れていたんです。そこを長谷川に襲われたんです。小野寺が拳銃で撃たれました。長谷川は小野寺を撃って直ぐ逃げたんです」

「それから、だんじり蔵前に来たというわけ？」

「刑事の癖で、長谷川が逃げたとき腕時計を見ましたが、四時に七分前でしたから、だんじり蔵前に充分行けたはずです。息切らしていませんでしたか？」

「気づかなかった。それからあなたはどうしたの？」

「小野寺が腹を抱えてうずくまってしまいましたので、とにかく、署長のいるだんじり蔵前に行こうと、小野寺を支えて向かったんです」

「やってきたらどうだった？　私と長谷川の二人だった？」

「いいえ、宝くじおばさんがいて何やら大きな声で喋っていましたよ。何を言っているのかと思っていたら、小野寺がいつ持ったのか手にマグナム44を握っていまして、『あいつを撃ち殺す』と言って、長谷川に狙いをつけ出したんです。ブルブル全身を震わせている小野寺を見て、私は、いくら名人でも今の状態では当たらないから止めるように言ったんですが、小野寺は止めず弾いたんです。案の定外れて、運の悪いことに、宝くじおばさんに当たったんです」

「私が見たときは、あなたが、マグナムを持っていたわね」

「小野寺は弾いた後また倒れたんで、起こすときに私が持ったんです。だんじり蔵横から七、八メートルほどの距離なのに、失敗したことで小野寺はガックリきたんでしょう。私は小野寺を支えて近くへ行ったんです」

「…………」

「長谷川と対峙《たいじ》しました。私がマグナム44を持っていたんで、長谷川は逃げ出したんです。追い掛けましたがとても見つかりそうもなく、すぐ戻ってきました」

「今朝の解剖結果で、宝くじおばさんの腹からはマグナム44の弾が出て、小野寺の腹からはニューナンブM60の弾が出たらしいよ。長谷川の拳銃からということになるわね。あなたの言うとおりだ」

綾部は、根尾のホッとした顔色が気に入らない。根尾が真実を言っているのなら、こんな顔にはならないだろう、むしろ不服そうにしていると思う。

「ところで署長さん、おばさんは何を嬉しそうに言ってたんです？」

「短い時間だったし、結局、何を言っていたか分からなかった。物忘れがひどいと聞いてたから、たぶんそれじゃないかと思っていたんだけど。あなた、分からなかった？」

「分かりませんでした。長谷川は、頷いてましたよね」

「そうかな、気づかなかった」

「どうして署長さんは、私の手からマグナム44をひったくり、小野寺の右手の触れる所に置いたんですか？　それから、どうして私の手袋を脱がして自分のバッグに入れたんです？」

「それはどちらも、あなたが犯人と疑われないためだよ。誰でも、拳銃を持って立っていれば犯人だと思うし、手袋をはめていたら、拳銃には小野寺の指紋しか付いていない。あなたが撃っていない証拠になるからだよ」

綾部はあのとき、我が身に火の粉が降りかかってこないために、根尾を庇った。

「実際に撃っていないんですけど、そこまでフォローして頂いてありがとうございます」根尾は頭を下げた。「ありがたいのですが、私が撃ったのではないから、手袋をはめてマグナム44を持っていても平気でしたよ」

「…………」綾部はどこまでも辻褄《つじつま》が合う根尾の言

葉に、話題を変えた。

「気の毒なのは、流れ弾に当たって亡くなった宝くじおばさんだね」

「人生のほとんどをあそこに座っていて、最後に流れ弾に当たるとは何という不運なんでしょう。バチの当たるようなこともしてないと思いますよ」根尾は言った。

綾部は根尾の明快な言葉を聞いて、自分が墓穴を掘ってしまうような気がした。

仮に根尾が宝くじおばさんを撃ち殺したのなら、その目的は何だろう？

……おばさんが死んで喜ぶのは、綾部自身ではないか。

「ところで」綾部は再び話題を変えた。

「今日、西部が長谷川を撃ち殺したんだけど、何故今日なのかしら？　明日でも明後日でもいいのに。あなたが知り得ることじゃないけど、昨日の今日といった感じがして、タイミングが良過ぎると思わない？」と綾部は言った。

「それは、私が西部社長に知らせたんです」根尾は躊躇なく即答した。「あそこまでしてもらっているのに、小野寺が長谷川に撃ち殺されたということを黙っているわけにはいかないでしょう」

「明日か、近いうちに、今日みたいなことが起きると思わなかったの？」

「思いましたけど、今日で丁度いいでしょう？」

「丁度いいけど、今日のはちょっとやり過ぎだね。例の五人を消すのとは種類が違うよ。本庁が言うには、今日のようだと、おいそれとゼロには出来ないそうだよ」

「長谷川をやるのは、小野寺がいなくなった私ではちょっと危険過ぎました。西部社長を煽《あお》ったのは、署長さんにも火の粉が飛んできそうだったからです」

「それはありがとう。おかげで助かったわ」

「捜査一課は、帳場を置いたりしないんですか？」

「今日のは、部外者が絡んでいないから大丈夫だよ。内部の人間は我が身かわいさで垂れ込む者はいないよ。問題は昨日だね。目撃者がたくさんいるからマスコミに垂れ込まれたら、例えば三人に同じことを言われたらややこしくなる。目撃者になっても、報道規制があるので大丈夫かあ。しかし問題には、例のアメとムチ、金と脅しだよ」綾部は自分に言い聞かせるように言った。「今日のは捜査一課の帳場は置かない。一般人には知られていないから」

署長室で日付が変わるまでいたのは二、三回しかない。署長室から出ると、当直員がこちらに一斉に視線を向け、「お疲れさまです」と言った。根尾は平然と前を歩いている。

綾部は、香芝はどうしているのだろうと思った。そう言えば近頃、顔を見ていない。

「香芝君はどうしているの？　元気なの？」と前を行く根尾に尋ねた。

「元気ですよ。彼は真面目、正義感の塊《かたまり》ですから」と言って、根尾は笑顔になった。

署長公舎に帰った綾部は、いち早く着替えてベッドに転がった。疲れた。

根尾を署長室に呼ぶ前に、本部員が帰るのを待っていたように本庁の公安課長から電話があった。

「キャリア署長の君がいる目の前、それも公衆の面前で民間人が殺されたことは、組織にとって大ダメージです。手の打ちようのないことになりかねないですよ」と公安課長はいきなり厳しく言ってきた。

その後、独りごとのようにボソボソと言った。

「父親が交通死亡事故を起こしたときにも、実のところ随分苦労したんだ。結局、ノンキャリアに借りを作ってしまった」

「申し訳ありません」

綾部は血の気が引いていくのを感じ、受話器を握り締め、声を震わせた。

「申し訳ないではすまないですよ。私もこれ以上、君をフォローできそうにありません」

綾部には将来という火が消えていくように思われた。

「どうすれば良いのですか？」わずかに残っている火を消すまいと綾部は必死の思いで言った。

「自分で考えなさい。考えた答を後日、私に教えてください」

同じ叱責《しっせき》が繰り返されたまま、電話が冷たく切れた。

取り返しのつかないことになってしまった。根尾を呼び出したのは、そんな予感がしたからで、彼女と話せば名案が浮かぶかもしれないと思ったからだ。藁《わら》をも摑むように呼び出したのだった。

辞職願を出せと、課長は言っているように思える。話しぶりから察すると、逮捕されないだけマシだと言っていたようにも思える。

組織防衛のため、ノンキャリアの腐敗をなくすよう、上司から指示命令を受けて、大阪に異動させられ、そのとおりやってきたにすぎない。組織の言うとおりにし、反することなどしたことがない。何が気に食わないというのか。父親の交通事故を処理してくれたのも、何か理由があってのことだったのだろうか。

……逮捕などされるわけがない。そんなことをしてみろ、世の中引っくり返してやる。自分にアメとムチはきかない。

小野寺を使って五人殺しを計画し、根尾を一億で実行の手先にしようとしたのは、組織の意を汲んだのだ。一体、どこが悪いというのだ。

そもそも、ノンキャリアの命令違反者を排除した功績は大きいはずだ。現にそう言っていたではないか。

綾部は開き直りたくなる自分を抑えた。決して開き直ってはいけない。開き直っては、今まで頑張ってきたことが水泡に帰す。誰よりも自分に対して負けたことになる。

ベッドに横になっていても脳と肉体の疲れが反比例して眠れない。今まで何を目的に生きてきたのか解らなくなり、目が冴えるばかりだ。

自分で考えた結果を報告しろとは、指示命令を忠実に果たしてきた者に対して酷過ぎるではないか……。

夜明けがまだまだ遅いこの時期だが、カーテンの隙間《すきま》が薄明るくなってきた。赤い朝日を見つめながら、なお公安課長の言葉を反芻《はんすう》した。

二十三

「綾部署長さん、私に一億いつくれますの？　早い方が良いんですけど」

今頃、署長室でぐったりしているだろう、サンドイッチは食ったのだろうかと思いながら、根尾は綾部の携帯に連絡を入れた。

「いきなり、何を言うの？　いつでもあげますよ。今すぐに、あげるから来なさい」

負けず嫌いな女だと思う。一億、署長室にあるわけない。顔を見に行ってやろうと思った。

「香芝君を連れていきますよ」と根尾は冗談のつもりで言った。

「連れてこなくていい」綾部は真に受けて言っている。

根尾はノックをして、返事もないのに中に入っていった。堤が、サンドイッチを片づけているところだった。

「堤さんが真心込めて作ってくれたサンドイッチ、食べなければ失礼になるでしょう」と根尾は最初に言った。

「何を言ってるんですか、係長さん。そんなこと言わないでください。こんないい署長さんはおられませんよ」堤は根尾を睨みつけて言った。

「堤さん、もういいから。係長はお疲れなの」と綾部は言った。

堤は急いで出ていった。

「一億もらいに来たんですけど」根尾は勝手にソファに座って静かに言った。

「こんなところにあるわけないでしょう」綾部もつられたように静かな口調になった。

署長はいつものように胸を軽く右手で触れている、と根尾は思った。想像していたとおり、換金しないで当たりくじをそのまま持っているのだろう。今年の初めにこの動作が気になり始め、当初、何をしているのか解らなかったが、宝くじおばさんから、署長が前後賞合わせて三億当たったことを聞き込んでから、余計に目に付きだし、ついに確信した。言ってやろうか、どうしようか、根尾は迷った。

「香芝君は、年増女のところへ行くより、報告書、書いてる方が楽しいと言ってましたよ」

……また胸に軽く触れた。警戒しているときは回数が多くなるのも、人間の心理だ。

「こんなところにないんですか？　あるでしょう？」と根尾は言った。

「バカなこと言わないで。アタマ、おかしくなったの？」綾部は自分の頭に人差し指を差しながら言った。

「その内ポケットに。ここから私には見えてます、当たりくじが」

署長の顔色がみるみる消えていく。

「換金はどうしてしないの？　三億は高さ三メート

ル、知れたものですよ。一等当たりくじを三分の一、破って、渡しなさい」と言って根尾は笑った。
「それとも、私が換金してきてあげましょうか?」

「宝くじなんか当たっていないよ。心のいやしいゲスの勘繰りというやつだね」

「今更何を言っているんですか? そう、ゲスの勘繰りですよ。署長さんのまずいのは、宝くじが当たったことを隠そうとしたことではなくて、出世しようとしたことですよ。人間には分相応ということがあると、署長さん自身が署員教養で訓示しているじゃないですか。そんな署長さんが宝くじに当たった。鬼に金棒というやつで、分相応以上のことを望んだ」

「あなたには一億あげるから、言い散らさないで」

「遂に、はっきりゲロしたな。ゲロて、何か知ってるか? 胃の中のものを戻すことですよ。スッとしたでしょう。もっとスッとさせてあげようか?」

「何なの?」

「宝くじおばさん言ってたでしょう、二等当たった人がクロケーにいるって」

「誰なの?」綾部は思わず体を乗り出した。

「それを聞き逃したことから、署長さんの運命が食い違い始めたんですよ。私はそう思うんだけど。そんなこと自覚してないでしょう」

「運命はそんな簡単なことでは変わらない。自覚なんかある訳ないでしょう」

「もし聞き逃さなかったら、今のような状況にはなってないと思うけど。署長さんはきっと三億当たったことで、自分を特別な人間だと勘違いして長官にでもなれると思ったのではないの?」

「そんなこと思わないわ。バカなこと言わないで! 二等当たったのは誰なの、早く言って!」綾部はますます身を乗り出した。

「私ですよ。でも二等はたった一千万、この差、まさにキャリアとノンキャリアの差ですよ。金で例えたら、三億と一千万ぐらいの差はあるでしょう」

綾部の顔色は、蒼白さを増した。

「でも私が二等でも当たったことを知っていたら、別の眼で私を見ていたことは確かだよ。ノンキャリアだけど、自分と同じ特別な人間、幸運を背負った人間として警戒していたはず。そうしていれば運命は必ず変わっていたはずだよな」根尾は綾部に覆い被せるように言った。

綾部は根尾の顔に穴が開くほど凝視した。

「余計なことを言ったと、今になって後悔しても遅いよ。綾部署長さんは一見弱者の味方、つまり反体制的なようだけど」

「解ったよ。もういい。二等当たっておめでとう」

綾部は開き直ったように言った。そして、

「あなた、パチンコのギャンブル依存症らしいね。面白い？　パチンコは？」と逆襲のつもりで話題を変えた。

「面白いよ。やってみたら」根尾は軽く応えた。

「ノンキャリアの下っ端の遊びだけど、最高に面白いよ。今度、一緒に行こうか？　でもそれは無理だね。あなたは逮捕されて、留置場に入らないといけなくなる」

「バカなこと言わないで。逮捕なんか、されるわけないでしょう」

「されるわけありますよ。教えてあげましょうか」

「聞いてあげてもいいよ。言ってみなさい」

「今朝か、昨日の深夜か、本庁の公安課長という人から電話があったでしょう？　正直に言わないと、また失敗するよ」

綾部がなかったと言えば、綾部か公安課長のどちらかがウソを言っていることになり、根尾にとっては困惑の度を深めることになる。

「電話あったよ」綾部は決心したように言った。

「そうでしょう、なかったと言えば公安課長がウソを言ってたことになる」根尾はホッとして言った。

「昨日、公安課長からあなたに電話があったの？」

綾部は目を丸くし、声も大きくなっている。予想外のことなのだろう。

「深夜にあった。いたずら電話だと思って、一一〇番するよと言ってやったら、オロオロして謝っていたよ」

「用件は何だったの、早く言いなさい！」綾部は怒鳴りつけるように言った。

公安課長が根尾に電話することは有り得ないし、もししていれば余程のことだ。

「そんな大きな声を出したら、堤さんが来ますよ。あんないい人めったにいませんよ。話は違いますが、香芝君と堤さんの娘さんが交際中なのは知っていますよねぇ。だから香芝君は、堤さんのいる署長室に来るの避けてるんです」

堤の娘と香芝が交際しているのなら、堤にしゃべったことはすべて根尾に通じていると言ってもいい。これまた大きな失態をしていると思っているだろう。綾部の蒼白な顔色が紅潮してきた。

「そんなことはいいから、早く公安課長の用件を言いなさい！」

「じゃあ言います。公安課長は、『綾部署長を逮捕したいので協力してくれないか』と言うんですよ」

「何と言ったの？」

「出来ません、ともちろん言いましたよ」根尾は口角を上げた。

「協力したら見返りは何なの？」

「警部にしてやるって。……バカにするなと思いましたよ」

「全くバカにしているわね。私が逮捕されたら、一億もらえなくなるよね」と綾部は安堵の表情を浮かべて言った。

根尾は、綾部のこの利己的な思い込みに底知れぬ憤りをかねてから感じてきた。何事も自分のことを先行し、他人の言ったことは忘れてしまっている。

「今でも一億なの？　一億ですまなくなっていると思わないの？」

「あなたも二等一千万当たったんでしょう。だったら、九千万でいいわね。それが分相応というもんだよ」と綾部は冗談半分で言った。

根尾はとてつもなく腹が立った。

「公安に協力しないかわりに、三億欲しくなった。内ポケットに入っている宝くじ、私にくれれば公安には協力しない、どう？」

「あなたは甘いよ。警部にしてもらって嬉しいの？」

「宝くじ渡さなかったら、署長さんは逮捕されるよ。良いんですね」

「ハッタリを言うのは止めなさい。私はキャリアの警察官僚だよ。逮捕なんてされるわけないでしょう」

「公安課長が、私の協力を得られれば逮捕できる、と言っていたのもハッタリだと言うの？」

「そうだよ。逮捕されるのは、あなたの方じゃないの？　作り話は止めなさい」

根尾は噴出してくるマグマを抑えきれない。

「じゃ、公安に協力するわ！　言っとくけど、逮捕されたら三億もなくなるよ」

「私は逮捕なんか、されないんだよ。悪いけど」

根尾は署長室を出た。

出たところにある衝立の中で、堤がパイプ椅子に座っていた。堤は根尾を見ると、立ち上がって笑顔になった。この堤に対して綾部は優しいらしいので、その点、根尾はホッとした気分になる。

綾部は一億くれるのかどうか、今となっては怪しい。九千万とか冗談半分で言っていたが、実際、綾部ならそうしかねない。出来れば三億全部欲しい。しかし、どうしてあれほど上司に嫌われているのだろう。部下を逮捕させる上司も余程のことがあったに違いない。

根尾は公安課長に、本署から離れた署員の来ない喫茶店から携帯電話を掛けた。綾部逮捕に協力するかしないか、明日電話をすると言ってあったからだ。

公安課長というようなキャリアのエライさんが、どうして自分に電話してくるのか？　しかも、初めて電話した相手に向かって、人を逮捕することを、ましてそれが日本で最初のキャリア女性警察署長となれば、なおのこと言うはずがない。しかし実際に言ったのだ。

そこには何か大きなことが隠されている気がしてならない。

「協力しますわ」根尾は公安課長に言った。

「これでいい」公安課長はボソッと言った後、「いろいろ質問があるでしょうけど、こちらの言うとおりしてもらえばいいので、そうしてくれますか？　目的は昨日言ったとおりです」

「綾部署長は何をしたんです？」

「そういう質問に応えるのがこちらとしては、辛いことでして。それは組織として決して言えないことなので、申し訳ないですが聞かないでください。そのかわりと言っては何ですが、根尾さんの期待どおりにしますので」

「早速ですが、お言葉に甘えて言わせてもらっていいですか？」

「どうぞ」

「見返りが警部になることですけど、警視にして欲しいんですけど。もちろん一度には無理ですから、警部になって六年後とか」

「分かりました。そうしましょう、約束します」即答が返ってきた。

警視は署長の階級だから、警視になっておけばいずれ署長になることが出来る。根尾は足が宙に浮く思いがした。

「以後の連絡はこちらからしますので、根尾さんからは結果報告だけでいいですので。終結まで長くかからないようにしますのでよろしく」

そう言って公安課長は携帯を切った。

根尾はそのまま喫茶店に座り込んで、あれこれ考えた。

公安課長は、警視にすると言った。そのことを綾部に伝えれば、三億全部くれはしないだろうか。

根尾は帰署し、その足で署長室に向かった。

一階のロビーには副署長と総務課長がいないのでガランとした雰囲気を受ける。明後日、新副署長と刑事課長が着任し、その後に、総務課長と警備課長が着任するという。公安係長の後は次の異動まで来ないらしい。五人の幹部が死んだというのに、社会の平穏は保たれ、一向に動じない完璧に整理された警察組織がここにある。

ノックをして入ったが、綾部はソファで居眠りしている。お疲れのようだ。綾部の向かいに根尾は腰を下ろした。綾部は目を覚ました。正面に根尾がいることに、ヒャーッと奇声を発して体を飛び上がらせた。奇声と同時に、右手が胸に触れている。

「何しに来たの？」

寝起きの口臭が根尾に掛かった。

「それはないでしょう。お疲れのようですね。また相談したいことが出来まして」

「何なの？」

「公安課長さんが言うには、やっぱり綾部署長さんは逮捕されるみたいですよ」

綾部は、鰐《わに》のように動かなくなった。

「罪名は言わなかったけど、私の予想では、銃刀法の拳銃不法所持ですね。拳銃を無断で持ち出しているという被疑事実で。五人の死亡に署長を当てはめるのは、本庁のエライさんでも無理でしょう。どうです？　納得でしょう？」

「その逮捕を、あなたにさせようというの？」黙っていた綾部はようやく口を開いた。口から嫌な臭いがした。「あなたはオーケーしたの？」

「事件処理は捜査一課がするでしょうが、署長の行動を知っているのは、例えば当日貸与された拳銃を持っていたのは私しか知らないとか。五人を殺したのは、署長の指示だけど、それを言えば署長さん死刑ですよ。言わないけど。銃刀法だけなら、執行猶予がつくかもしれない」

「オーケーしたのね」

「しましたよ。署長さんは一体何をしたんですか？」

「何もしてない」

「余程恨まれることをしたんですね。むこうからも聞かないように言われましたから、署長さんに聞いているんです」

「騙されているのが分からないの？」

「騙されてへん。一応刑事やから。ところで、改めての話だけど」

「何なの？」綾部は改めてこちらに視線をやった。

「胸のポケットの中の財布か何かに入れている、三億円の当たりくじ、私に預けない？　逮捕されたらどっちみち持っていかれるから」

「私は騙されないよ。上手く話を作って、三億奪おうとしていることが見え見えだよ」

「それならいい。私にくれる一億はどうするの、くれないの？」

「近いうちに換金して、渡すよ」

「二、三日中にしないと、逮捕されてゼロになってしまうで」

「バカなことまだ言ってるの。あなたが騙されているのが、まだ分からないの？」

「権力と金があれば何でも出来ると思っていたら、大きな間違いやで」

根尾は、同じことを繰り返す綾部がここまでバカとは思わなかった。綾部も同じことを思っているのだろう。

「仕舞いに閻魔《えんま》さんが怒りだして、三途《さんず》の川《かわ》を渡るはめになるよ」と根尾は言った。

二十四

綾部はいつもどおり、午後六時過ぎに公舎へ帰った。

今夜は、地元有力者との食事とか内部からの声もかからず、公舎で一人の夕食だった。公舎で夕食を摂るときは、堤に言っておくと六時半頃持ってきてくれる。

その後、堤は帰宅となる。七時半には自宅に着くそうだ。キャリア公用車の運転手をしているご主人は、ほとんど毎日十時頃になるらしい。

綾部は本庁でも思っていたことだが、何も公用車で送迎させなくてもタクシーを利用すれば済むことだ。キャリアのステータスなのだろう。自分がそんな立場になれば、そうはしないでおこうと思っていた。

が黒川署に来て二年足らず、抵抗なくそうさせている。堤のことにしてもそうだ。ここまでしてもらうのはいくら堤の仕事であり、性格が謙虚だからといっても職権の乱用だ。

綾部は小さくラジオを掛け、ベッドに仰向けになった。ラジオはテレビのように観なくて済む。今日も終わった気がした。

根尾が言っていた、銃刀法違反で逮捕されるという有り得ないことが気になる。拳銃は庶務係長に言って持ってこさせた。彼が正式手続きをしていないのは、綾部自身が押印していないことから明らかだが、そんな書類は後日いくらでも作れるので、日常的に行われていることだ。

すべて根尾の三億円欲しさの策略だろうが、彼女が二等に当たっていたことには驚いた。宝くじおばさんの驚きも解る。

おばさんは気の毒に小野寺の誤射によって亡くなった。あのおばさんから、三億当たったことが漏れるのを恐れた。が恐れはなくなったものの、死んでしまって改めて気づくことは、民間人の死は例外なく警察署長ポストのみならず、警察組織にとって最大のダメージだということだ。しかも、凶器が拳銃となれば推して知るべしだ。

ひょっとすると、根尾が言っている逮捕されるということは真実なのかもしれない……。

八千五百万は本来の詐欺事件の証拠品として元に戻った。〝大山鳴動して鼠一匹〟ということになる。ノンキャリアの希望を打ち砕《くだ》いたのはいいが、このせいでたくさんの人間が死んだ。何人死んだのだろう。その意味からは、この諺の鼠一匹はとおらない気もするが……。

結局、八千五百万は国のものに落ち着く……。

綾部は一昨日からの疲れで、ウトウトし始めた……。

インターフォンが鳴ったのはそんなときだった。

この時刻、客など来ない。何事かと急いで玄関に出た綾部を待っていた者は、大阪府警本部の五人の刑事たちだった。

玄関を開けて男たちを目にしたとき、綾部は刑事とは思わなかった。管内のヤクザ者が、文句でも言いに来たのかと思った。刑事課長代理が朝会で、ヤクザに不穏な動きがみられると言っていたからだ。理由を聞くと、内部分裂からくる資金源の奪い合いだと言った。綾部は、どこの世界でも同じようなことがあるものだとそのとき思った。

「逮捕状が出てますよ。入らせてもらいますけど、ええですか」とのんびりした声が耳に入った。

最年長らしい男が胸の前で警察手帳を広げ、ボンヤリこちらを見ている。綾部はウトウトしながら、夢でも見ているに違いないと思った。ヤクザでもなさそうだ。

「ええですか？　入っても」夢の中の男は、ボンヤリしたままで言った。

「えっ、何て言ったの？　どこかのヤクザ者？」うわずっている自分の声が耳に入る。

「ヤクザ者ではありません。府警本部の刑事です。これ警察手帳ですので、ゆっくり見てください」と言って、胸の前の警察手帳を綾部の顔にゆっくり近づけた。

これは夢なんかではない。現実だ！　目の前に警察手帳が近づいてきて我に返った。何かの間違いではないのか？　一体なんだというのか？

「府警本部の刑事が、何の用事でここへ来たの？」

綾部は、刑事が犯人の住所を間違えるわけがないと思いながら、震える声で言った。

「逮捕状が出ているんで、逮捕しに来たんですわ。黒川警察署長さんの綾部早苗さんに間違いありませんなぁ」

そう言って警察手帳を内ポケットにしまい、左手で持っていた紙を広げて綾部に見せた。綾部は震える手で紙を取り上げ、必死に文字を追った。逮捕状だった。

銃刀法違反、被疑者綾部早苗・生年月日が確かに記載されている。いつどこで、拳銃を所持して徘徊《はいかい》したという被疑事実だ。

確かにそのとおりだ、間違いはない。……根尾の言っていたとおりになった。

ショックの余り小便を漏らし、玄関の上《あ》がり框《かまち》を濡らしている我が姿を目の当たりにし、すべて崩壊していく自分を感じた。

拳銃の持ち出し許可について日常的に行われていることを、殊更取り上げて事件にしているといくら叫んでも、逮捕状が発付されている限りこの場ではどうにもならない。自分が一番よく知っている。

予期せぬ出来事……世の中にはそんなことがあるのだと、もう一人の自分が耳奥でささやいている。

刑事たちは濡れた上がり框へ目もやらず、各自靴をぬいで廊下へ上がった。

「逮捕時のガサ《捜索》しますから立ち会ってください」

最年長らしい刑事が逮捕状を内ポケットにしまい

ながら、再びのんびりした口調で言い、最後に靴をぬいで上がった。

「午後八時五分、この逮捕状によってあなたを逮捕しますので。手錠はしませんけど、逃げたらあきませんで。逃げんといてくださいよ。今からガサやりますんで、変なことしませんけど、よく見といてくださいよ」その刑事は綾部の横から大きめの声で言った。

茫然自失《ぼうぜんじしつ》の綾部は、どの部屋でのガサでも立ち尽くすだけだった。刑事たちが何を捜しているのか理解できない。

リビングルームが最後になった。

「これ入れる箱ないですか？」ガサをしていた若い刑事が綾部に尋ねた。

綾部は何を言っているのか解らない。

隣にいる最年長らしい刑事が、「これ差し押さえしますんで」と当たり前のように言った。

「これが何か関係あるんですか？」綾部はどちらでもいいと思いながら尋ねた。

「なかったら、持っていきません」最年長らしい刑事は言った。「箱、ないかなぁ。あったら、便利えねんけどなぁ」

綾部はガサがどれくらい続いたのか見当もつかない。

「もうちょっとで終わりますから」と、その刑事は綾部に気の毒そうに言った。「トイレの方は、大丈夫ですか？」

「何時間ぐらい経つの？」綾部は、上がり框を濡らしたことを忘れている。服の濡れた感覚もない。

「二時間ぐらい経つのですか？」

「いやいや、三時間近いですわ」刑事は袖を捲って腕時計をじっと見て、「お疲れさまです」と言った。

綾部は手錠をされないまま、車に乗せられ大阪拘置所に連行された。

後部座席の真ん中に座らされた。綾部は失意の底から窓外に目をやった。景色は、普段と変わりないようだ。繁華街での賑わいと住居地での静かさが交互にやってくる。信号で止まると、綾部は無意識に顔を伏せた。何故こんなことになったのか、これから解ってくるのだと、床に敷いてあるゴムマットを見ながら思った。

「もうすぐ着きますから、手錠しますよ」横に座っている若い刑事が言った。「手錠していないと、拘置所は入れてくれませんので」

綾部は頷いて、両手を前に揃えて出した。若い刑事は気の毒そうに、両手首にはめた手錠をカチカチいわせて手首の太さに縮めた。

警察の留置場ではなかったのは、警察組織の配慮なのか。今更組織の配慮などして欲しくもない。拘置所だろうと留置場だろうとどこでも同じことだ。これ以上屈辱的なことはない。

ふと父親のことが頭に浮かんだ。キャリア警察官僚になった自慢の娘が、一転して犯罪者になってしまったのだ。明日には黒川署から連絡がいくことだろう。もういっているかもしれない。

長い廊下、左右を刑事に固められ、手錠を掛けられ腰縄を胴にまかれた綾部は、前を歩く拘置所職員の腰の辺りに目をやりながら歩いた。

まさかと思っていたことが起こった。好きなようにしろ！　行くとこまで行ってやる！　綾部には開き直ることとしか出来ない。どうして、こんなことになってしまったのか！

逮捕してから四十八時間、つまり二日間は警察の身柄、持ち時間になる。この四十八《ヨンパチ》時間のあいだに、送検をする。送検後は検察庁の身柄になるものの、警察が検察官の指揮のもと、取り調べなどの捜査活動のすべてを行う。これらは刑事訴訟法によって定められている。

綾部は、勾留二十日間、府警本部の刑事の取り調べを受けた。逮捕状を執行した刑事が取り調べに当たるのかと思ったが、同年配だが違う刑事だった。

さすがに強制拷問はなく、本部の刑事らしく上品だった。言葉づかいが敬語なのはキャリアと思ってのことだろうが、綾部としては頭の下がる思いがした。二度とキャリアに戻れない者に対して、これほど丁寧にする必要はないだろう。こんな人間もいるのだと、励《はげ》まされているような気がした。

女性刑事が同席し、何かと気を遣ってくれたのも同様だ。「トイレに行きたくなれば、いつでも言ってください」と言わない日はない。綾部は当初、任意性の確保のためだと思っていたが、何日も続く取り調べの中で、そうではなく被疑者の自分を慮《おもんぱか》ってのことだと思うようになった。

何かの出来事があってそう思うようになったのではなく、自然にそう思えてきた。たぶん逮捕状が執行されたときの様子を女性刑事が聞かされたのだろう。綾部はあのときの自分の心境が脳裏に蘇ると、寒気と身震いに襲われる。

勾留中、検事調べのため検察庁へ行く。手錠と腰縄が一体になった戒護具で自由を束縛され、左右を拘置所職員に固められ、前を刑事が歩く。検察庁では、司法界で見かける顔と何度か出会った。その都度、死んでしまいたい気持ちに襲われた。見て見ぬ振りを敢えてしているのは、相手の善意からだと解っている。だからこそ辛かった。目が合うこともあり、こちらから頭を下げもしたが、頭を上げると相手は余所を向いていたり、同行者と話をしていた。そして足早に向こうへ行く。そんなとき綾部は、早く拘置所に帰って一人になりたかった。

拘置所の独居室に綾部は入れられた。これも組織の配慮だろう。雑居室には、とても居られそうにないので有り難かった。知らない者同士が、大部屋で二十四時間一緒に居るのだから、世間では、想像のつかないことが起こっている。そんな中に巻き込まれるのはゴメンだ。独居室に入って、案の定その思いを強くした。

綾部は一日少なくとも一回は取り調べを受ける。取調室は拘置所内にあるので、刑事たちは毎日ここにやってくる。

「貸与された拳銃というても許可なく持って出たらアカンことは、当たり前のことですわなぁ」取調官は言う。

「知っています」と綾部は応える。

「地域のお巡りさんも毎日出したり入れたりして、簿冊に押印してるんは、そのためです。あれが許可を受けたいうことです。知ってはりますわなぁ」

「はい、知っています」

「署長さんはその許可を受けんと、自分の拳銃を持って署外に出られたんですか？」

「そうです」

「どういう理由でだんじり蔵前に拳銃を持っていかれたんですか？　署長許可ですから、自分で自分の許可は要らんと思ったんじゃないでしょうな。それはとおりませんよ、子供やないんやから」

「…………」綾部は庶務係長の名を出す気にはなれない。彼は信頼してくれているからこそ、署長に押印はさせなかったのだ。

「大きな声じゃ言えませんが、ご存じのとおり、だんじり蔵前では二人射殺されてるんですよ。しかも一人は歳取った女性です」

「…………」

「いや、署長さんが殺しと関係あるなんて言ってませんよ。そんな証拠はもちろんありませんので」

刑事たちは取り調べで何を得ようとしているのか？　目的は何なのか？　綾部は逮捕される前からの疑問も含めて考え続けている。証拠がないなどとは、取調官の口にしない言葉だ。

まさか、が現実になっている。あるはずのないことが現実に起きている。根尾の言うとおりになっている。根尾は予言者か？　ノンキャリアの末端にいる人間なのに。

「黒川署の根尾という刑事係長がいるんですけど、

この事件の捜査はしていないんですか？」と綾部の方から初めて取調官に質問した。

「我々捜査一課、班長以下七人で、やっています」

「根尾係長はこの事件とは関わってないのですか？」

「関わってないです」

取り調べが終わって独居室に戻った綾部は仰向けに寝転ぶ。規則では禁止らしいが何も注意されないので、誰もが寝転んでいる。

取調官の言ったことは、実際そうなのだろう。表向きは関知しなくて公安課からの指示に専従する〝黒子〟、それが根尾の役割に違いない。彼女の本心は何なのか？　彼女はこちらの本心が解らないと言っていたが、それはこちらも同じだ。

綾部に電流が走った。

自分と根尾は同じことを考えていた！　それは、地位と金が欲しいこと以外にない！

綾部は自分と根尾は違う人格なので、ものの考え方も違っていると思っていた。そこに、自分はキャリアだという自負が大きくあった。しかし、拘置所に拘禁されている現在、根尾以下の人格だ。しかし考えていることに変わりはない。根尾の本心、それは自分も同じ、金と出世だ！

二十五

「面会や」老看守の邪魔くさそうな声が、鉄格子の向こうから聞こえた。

「誰ですか？」綾部は老看守を好きになれないが、このときばかりはつい声が大きくなった。

「会ったら分かるがな」老看守は偉そうに言った。逮捕されてから三週間も経つというのに、面会に来る者もいない。両親でさえ来ないのは、どういうことだと腹が立っていた。その矢先の老看守の言葉は、有り難くさえ感じた。

根尾だった。

接見室の向こう側で、一人ポツンと座っていた。署長室に来たときと同じ顔をして、こちらへ目を向けている。

接見室は八畳ほどの広さで、椅子以外何もない。室内の中央は透明のアクリル板で隙間なく仕切られ、声が聞こえるように顔の位置のところが二重になっていて、直径一センチ足らずの穴が不規則に開いている。物品の受け渡し防止のためだ。アメリカなら穴のかわり、電話機で話す。アクリル板は拳銃の弾でも通さない。

扉は、被告人用と来客用の二つがある。被告人側には、椅子は一つだけ固定されて在る。来客は三人ぐらいと制限されているので、その数パイプ椅子などが準備されている。

看守一人が立会人として被告人側に入り、じっと聞いている。事件の話をさせないことと、自傷行為防止などのためで、制止してもきかないときは接見を中止できる。ここら辺りの判断は、看守個々の感情に左右されることが多い。

綾部は固定された椅子に座り、根尾を凝視した。根尾は変わらぬ顔でこちらをボンヤリ見ている。

こんな目にあっているのはこの女、手中に収めていたと信じていたこの女が原因なのだ。

大部屋で初めて会ったときの薄ら寒さが思い出された。パチンコ依存症らしいが、雲を摑むようなフワフワした感じはしないこの女。こんな女がすべて企んだことではないと思うが、大きく影響していることに間違いない。ヌケヌケと一人で面会に来るとは、大したものだ。何のために来たのか、この女の口から聞きたい。

しかし綾部は、こちらから口を開かないでおこうと思った。何かを言いたくて面会に来たのだから。

五分間ほど沈黙になった。

「話がなかったら、終わるで」不機嫌そうに老看守の立会人が言った。

「あなただったのね」綾部からたまらず口を開いた。

自分の声で思っていた以上の怒りが込み上げてきた。

「何が私だったんですか？ 違いますと言いたいんですが。お好きなように思ってください。逮捕されると何度か言いましたよね」根尾は感情に起伏なく言った。

「言われなくても好きなように思っている。おまえは犬のような人間だ。この詐欺師！」綾部は怒りにまかせて言った。

「犬に失礼ですよ。もし、そんな犬にハメられたと思っているんなら、署長さんこそ犬以下の動物ですね。犬を飼ったことあるんですか？」

「あなたには、ちゃんとしたつもりだよ。一体、何が気に入らなかったの！」綾部はつい声が大きくなった。

「こらっ、女のくせに大きな声出すな！ ここでは、偉そうな口の利き方は禁止じゃ。ここをどこやと思とるんや！」綾部より大きな声で、老看守が言った。

綾部は老看守の方を見ない。

「署長さんのそんな態度なんですけど、今でこそ口に出来ますけど、特権階級そのものですよ」根尾は言い難そうに言った。「上から目線、かな」

「何を言いに、ここに来たの」綾部は怒りで再び体が震えた。「上から目線は、上司なんだから当然のことでしょ！」

「以前、署長さんは私と香芝君に『ここだけの話だけど、この事件が解決したらご褒美として、今年中にそれぞれ一階級ずつ上げてあげるよ』と言いましたよね。おまけに『二人ともこんなときは、歌舞伎役者のような渋い声を出すんだ』とも言いましたよね。……あのとき、私は香芝君の腹立ちが痛いほど解り、爪が食い込むほど腕を摑んで署長室から出たんです。その悔しさから、私は今回のこと、決心したんです。

　香芝君の腹立ちの理由が解りますか？　解らないようですね。一言で言えば、ご褒美など貰いたくないという底辺の者の意地ですよ。人の情に頼らないで、自分でちゃんと生きている。そういう人間としての誇りを傷つけられたという腹立ちです。香芝君は平和主義者だから余計にそう思うんですよ」

「それで何を決心したの」

「署長さんを、やっつけることですよ。キャリアにはキャリアをもって制する、ということかな」根尾はニヤリと言った。

　綾部は心臓を鷲摑《わしづか》みにされた。

「言いたいことはたくさんあるけど、別に聞いてもらわなくても、いいことなんです」根尾は綾部の気持ちを見抜いたように言った。「真相、知りたくないんですか？　全部解っているんですか？　それなら帰りますけど。事件の真相、つまり署長さんが何故逮捕されたか、解ってるんです？」

「知らないわ。あなたの本心も」綾部はそれが知りたい。

「それなら言ってあげましょう」根尾は言った。

「それを言いに来たんやから」

「聞きたくもないけど」綾部は、根尾の言葉を待った。

「事件のことは詳しくは話せへんから、ごく簡単に結論だけ言うよ。署長さんが吃驚すること」

根尾は笑顔で老看守の方に目をやった。彼は約束していたように顔を上げた。根尾が軽く頭を下げると、彼も同じように頭を下げた。

「吃驚せんと聞いてくださいよ」根尾はまた同じことを繰り返した。「だんじり蔵前で長谷川と待ち合わしたんがきっかけで、あの場所で結局、小野寺と宝くじおばさんの二人が殺された。公衆の面前で、しかも署長さんの目の前でや。公安課長が私に言うには、署長さんをクビにしたかった。何でクビにしたかったんかは言わんかったけど、これでクビに出来ると言っていました」

「そんな……」と綾部は絶句した。

「長谷川と署長さんを会わせるだけで、思うとおりにいった。長谷川は小野寺を撃ち、小野寺を抱えていった私が、どさくさに紛れて宝くじおばさんを撃ったんや。口封じのためにな。小野寺が撃ったんやないよ」

小声で一息に話し終えた根尾は、大息を吐いていた。口調も変わっていた。

「まさかあの公安課長が……」

「そうですよ。公安課長が署長さんをクビにしたかった理由は解らんけど、まさか、可愛さ余って憎さ百倍とか……。私には関係がないから何でもいい。ただ、小野寺を撃ったのは長谷川じゃなくて綾部署長にしなさい、とも言われましたけど、いくら何でもそれでは署長が気の毒だし、無理があると反対したんです」

根尾は老看守を見た。彼は笑顔で頷いた。初めて会ったはずなのに、根尾と彼の意思は通じているかのようだ。

「どうしてあなたが宝くじおばさんを撃ったの？」

綾部は尋ねた。

ほんの少し小首をかしげた根尾は応えた。

「それはねぇ。公安課長の意向を知ってやったことではないの。私の独断。署長さんと同じ心境だと思うよ。簡単に言えば、バレれば困る……。そうじゃない？」

「たった一千万でもそうなの？」

「やっぱりあなたを、殺人罪にしとけばよかったなぁ」

面会時間の二十分ほどは、とうに過ぎているようだが、老看守は目をつぶったまま何も言わない。

「結局、銃刀法で起訴され、何年か実刑がくる」綾部は気になることを、それとなく口にした。

「執行猶予は現役署長さんだから付かないよ、きっと。小便刑《短期懲役》だけど刑務所行きは確実ですよ。署長さんはどうして三億当たったことを隠しておきたかったの？　私と同じ心境だったの？　要はその金で、出世しようとしたの？」

「そんなところかな」

「で、当たった宝くじはどこに置いてあるの？」

「あなたには口が裂けても言えない」

「殺人罪にされても言えないの？」

「言わない」

「言った方が良いと思うよ。署長さんが逮捕された日、私は皆が帰った後、公舎へ行って制服内ポケットの財布を見たけど、入っていなかった」と根尾は笑顔でヌケヌケと言った。「玄関入ったとき、小便臭かった。たまにあることだよ」

綾部は自己が崩壊した瞬間が蘇り、言葉を失った。

根尾の大胆さに驚愕《きょうがく》するが、反面、宝くじが発見されなかったことに胸を撫で下ろした。

「先手を打たれたと思ったけど、所詮あんたらキャリアの考えることは大したことがない。どこに隠しても隠しきれない。堤さんか香芝君に保管を依頼したとすぐに気づいたよ」

綾部の心臓が激しく打ち始めた。

「こんなこともあろうかと、私が先に二人に『もし綾部署長さんが何かを頼んで来たら、引き受けておいてくれない』と言うといたんや。堤さんに頼んだんが失敗やったな。堤さん、直ぐ言うてくれた」

まさか堤が……、綾部は打ちひしがれた。何もかも無くなった気がした。

ほんの短時間だが、沈黙が支配した。

根尾は立ち上がった。そして、上衣の内ポケットのボタンを外し、財布を取り出した。財布から三億円当選宝くじを取り出した。

「これを見てください」根尾は口調を変えて言った。

そして透明のアクリル板に、一等当選宝くじ番号が綾部に見えるように押し付けた。

【八八組　一三五九〇四】

「これは前後賞です」と言って二枚同じようにして綾部に見せた。

【八八組　一三五九〇三】

【八八組　一三五九〇五】

「署長さんは覚えているでしょう、この当たり番号を。頭がよくなくても、三億ですから、誰でも覚えますよ。二等一千万でも私は覚えてますよ。言いましょうか？」

「いらないよ」と綾部は言った。

「宝くじ業務を受託している、いなほ銀行へ行って、内密に換金できないか、支店長に相談したんですか。署長のくせに、世間知らずなことしないでくださいよ、恰好の悪い。支店長が『この時期、そんな電話がよく掛かってきます』と真面目な顔して言ってましたよ」

綾部はノンキャリアに対する認識を新たにした。が、堤についてはそこまでとは夢にも思わず、強いショックを受けた。毎日のサンドイッチをどんな気持ちで作っていたのだろう……。しかし、こうなってしまった今では取り返しがつかない。あれほど堅い約束をしたというのに……。

この根尾のようなパチンコ依存症の女が、実質的なノンキャリアのリーダーかもしれない。一点差で東大をすべった者がいると耳にしたのは根尾のことかもしれない。大学中退とは記載されていた。

「宝くじに当たったことが、私が潰れる原因だったというの？」綾部はどちらでもいいと思いながら、何となく言ってみた。

「そんなこと言うてへんよ。綾部署長さんがこうなったのは、結局は本庁からの指示命令だったと言いたかったんや。宝くじはキャリアでもノンキャリアでも当たりますよ。綾部署長さんは何をして、そんなに嫌われたんですか？　ノンキャリアが当たったんなら、本庁からそんな指示命令はなかったと思うんやけどなぁ。ホンマに何をしたんや？」

「バチにも当たったと言いたいのでしょう？」

「そんなこと言いたくない。綾部署長さんより悪い奴は仰山おるから」

綾部は根尾にも敬語を使われなくなった。魂が抜かれたような気分だ。だが、自分よりも悪い奴がいるとは、あまりにも失礼な言い方ではないか。

「いつになるか分からないけど、娑婆《しゃば》へ出たら一番に挨拶に行くと、課長に言っておいてくれない」綾部は精一杯の強がりを言った。「あなたのところへもご挨拶に行くわ」

「そんな必要はあれへん。向こうから先にエキスパートがやってくるし、仲良うせんとアカン」根尾は綾部の興奮を抑えるように言った。「近いうちにまた、接見に来るかもしれんし、来んかもしれん」

根尾はそう言って、接見室から出ていった。

一人になった綾部は、気がふれたのではないかと思った。グルグル天地が回っている。体に力が入らず、特に足が踏ん張れないので、椅子から立ち上がれなかった。

「早《は》よう、立たんかい！　いつまで座っとるんじゃ！」

老看守は根尾が出ていくのを見計らったように、

前後左右に上体を揺らす綾部に怒鳴りつけた。

ようやく独居室に戻ったが、仰向けになるものの体のあちこちが痛い。

確かに、老看守と根尾は通じていた。あれほど事件のことを話したり、宝くじをあんな形で示したりすれば、規則違反として許されない。しかもあれほどうるさい老看守が指摘しないはずがない。警察庁から、何があっても知らん振りするよう指示があったのだろう。そんな背景の下、根尾はあんなことを言ったのに違いない。警察庁のやりそうなことだ。

綾部が公安課に入ったのが二十五歳だった。

当時でも、盗聴器を警察が特定の場所に仕掛けるという事実が、社会に公になれば大問題に発展する。万が一にも暴露されてはならない。その恐れがあれば撃ち殺せと、拳銃と弾丸五発与えられた。警察官として貸与される拳銃とは別にである。そんな教育を日々受けた。

綾部とペアになった男は、ドジな奴だった。ある政治団体の集会場所に隠しカメラを仕掛けたのは良いが、周辺で遊ぶ子供に発見された。当然大問題になったが、結果がどうなったのか綾部には分からない。ドジな男は出勤しなくなり、ペアが替わっただけのことだった。噂にもならなかった。綾部は上司に、あれこれ聞いてはいけない、と厳しく注意された。

独居室で仰向けになり、そんなことが思い出された。

〝公安課長が署長をクビにしたかった〟と根尾が言ったときはとても信じられなかった。根尾が言ったような、可愛さ余って憎さ百倍などということはいくら考えてもあり得ない。つまり〝本庁からの指示命令〟であったことに間違いはない。どうしてそんな指示命令が出たのか。

綾部に心当たりはある。

それは自分の思想ではないかと思うのだ。思想というほど大袈裟なものではないが、確かに反体制的な考え方は持っている。が、警察庁に就職が決まってからは一切、口にしたつもりはない。考え方より出世に魅力を感じたからだ。

国家機関、特に警察庁は個人の思想については、しつこく追及する。警察庁といえば最大級の国家権力機関なので、反体制思想などは許しがたい思想なのだ。警察組織が、反体制組織にスパイを潜入させるのと同じように、反体制組織も警察にスパイを潜入させる。警察官僚になってから、思想転換する者もいるので、専門の係も置かれ、組織が過敏になっている。階級が上位であるほど大きい秘密を摑むので、キャリアに対しては過敏な注意を払っている。

綾部の内心を公安課長が察知し、排除したのではないかと思うのだ。人間の言動のちょっとしたことから、そんなことを鋭く察知することは、公安の仕事であり得意とする分野だ。そして、何回か裏取りをしたのだろう。その結果の措置であったと綾部は結論に至った。

黒川署長に異動になるまでに、反体制組織のスパイかも知れないと誤解され、危険人物だと判断されたに違いない。

それにしても殺人罪を被《かぶ》せようとしたとは、余りにも酷《ひど》いではないか。根尾に対して、よく断ってくれたと感謝せざるを得ない。

父の交通死亡事故について処理する過程でも、綾部の内心を探ったことだろう。クビにする口実にしたかったのだろうが、上手くいかず今回のことになったのではないか。父の現役当時のことを調査するうちに知り得たこともあったのかもしれない。

隠しカメラを仕掛けたドジな男と自分が重なり、上司の声と老看守の声が重なった。

二十六

堤が綾部から預かったのは、封筒に入った紙切れのようなものだった。

糊付《のりづ》けされて、中は見られない。堤でさえ三億当選の宝くじだと知れば、どうするか分からなかったと根尾は想像する。「これ預かりましたよ」と言って、糊付けされたままの封筒を持ってきてくれたときは、冷や汗が出た。

一人になって封を切り、三枚の宝くじと、新聞の当せん番号が切り抜かれた部分が出てきたとき、二等が当たった元日の興奮が蘇った。否、それどころではない。三億だから、三十倍だ。これで、一生遊んで暮らせる、仕事をしなくていいと思った。当せん番号の新聞の切り抜きも一緒に入れているところに、綾部の几帳面《きちょうめん》さと同時に甘さが見られた。

しかし、綾部が全国二十数万人もいる警察官の最高峰にいる人間の一人だと思うと、腹が立って仕方ない。最高峰と最底辺。階級的、身分的には雲泥の差なのに、三億に対する欲望に差がない。バチを当てる閻魔さんがこの世にいないのなら、自分が閻魔さんになってやろうと根尾は思う。

根尾が巡査部長に昇任したとき、ある署の総務課庶務係に異動になった。刑事課の主任として転勤すると思っていたがそうはならなかった。庶務係は刑事と違った忙しさ、署全般の雑用係といった忙しさがあり、忙しさは下位の者へと下りてくる。組織、上司に反発する精神というものが、ここで芽生《めば》え始めた気がする。

毎年、大阪府下警察署対抗柔剣道大会が行われる。柔道、剣道は警察の表芸であり、また府警の一大行事であることから、いずれの署長も力を入れている。試合の前日は、激励会と称して選手一同と署長、各課長が出席し柔道場で昼食会が行われる。その準備をするのは、庶務係主任の根尾の仕事であった。根尾は、失敗があってはならないと準備万端整えた。

メニューは縁起を担いでカツ丼《どん》と決まっている。近所の食堂に数日前から何度も電話をして、数に間違いがないか確認もした。当日、これでよし、根尾は総務課長に準備が出来たことを柔道場から電話した。

「大丈夫やろな」

総務課長の小バカにした言い方が忘れられない。

全員が集合し、簡単なセレモニーの後食事が始まった。出入口付近の、出席者から見えない位置に立って見守っていた根尾は、あとは会食が終わるのを待つだけだと思い、ホッとした。

ところが食べ始めた途端、署長が突然立ち上がり、柔道場から出ていったのだ。

何があったのか、驚いたのは副署長と各課長だった。特に本件担当の総務課長は慌てふためいた。選手全員も食べるのを止めて、ことの成り行きを見守った。根尾はどうしていいのか分からず、とりあえず総務課長の傍に走った。

「どうしたんや」と言う課長の第一声が飛んできた。

課長は、署長が座っていたところに行って、カツ丼の蓋を開けた。豚カツが載っておらず、ご飯だけが丼《どんぶり》に入っていたのだ。四十八のカツ丼を注文したうちの一つが、たまたま署長の席に置かれたのだ。選手の席に置かれていれば、笑い話ですんでいた。

「おまえが、ちゃんと確認せんか！」課長は、後ろにいた根尾を皆の前で怒鳴りつけた。「もと刑事かなんか知らんけど、役に立たん奴や。どないするんじゃ、昔やったら切腹もんやぞ！」

静まり返った柔道場の中で、根尾はただ立っているだけだった。

「食べてしまおうや」という副署長の言葉で、一応、激励会は終わった。

課長は根尾に、「大急ぎで食堂に行ってカツ丼一つをもらってこい」と言った。

「それは、すんまへんでしたな」という食堂店主の軽い言葉は、かえって根尾の傷を深くした。

カツ丼を持って署へ走った根尾は、課長と二人で署長室に入った。課長は膝に当たるほど深く頭を下げて謝った。根尾も同じように頭を下げた。


嫌な庶務時代だったが、以来、根尾は〝魚は頭から腐る〟と思うようになった。今では、〝階級が上がれば人格が落ちる〟とも思っていて、逆に庶務時代に感謝することがある。パチンコをやり出したのもその頃だった。

根尾は自席に座って、もう一回は綾部に面会に行ってやろうとボンヤリ思っていた。綾部にバチが当たったのには間違いはないが、こんなバチでは済まされない。自分が閻魔さんになってどんなバチを与えてやろうかと思う。


本庁から、大阪拘置所に許可を得ているので面会時にどんなことを言ってもいい、と連絡が入った。

実際に立会人は何も注意しなかった。たぶん、綾部は気づいているだろう。

末端の席で、香芝が書類を書きながらこちらをチラチラ見ている。

「香芝君、今晩飲みに行こうか」根尾は香芝の近くへ行ってそう言った。

「はい、行きます」香芝は手を止め、根尾の顔に視線をやり嬉しそうに応えた。

本署近くの居酒屋へ行った。五時四十五分を待って本署を出たので、黒川署員はまだ誰もいない。ビールで乾杯した。

話の中心はやはり綾部署長が逮捕されたことになった。香芝は他の刑事課員同様のことしか知らない。根尾はそのことに安堵する。もし真実を知られれば、こうして付き合ってくれないだろう。罪もない宝くじおばさんを撃ち殺したのは自分なのだ。長谷川だけは知っていただろうが、奴もこの世にいない。

「結局、宝くじはホンマに誰か当たったんですか?」香芝は聞いてきた。

そもそもこれが始まりだ。

「結局、分からない。堤さんが綾部署長から預かったという封筒の中身は、両親への手紙だったの。もしそれが、噂されてる三億当選の宝くじなら、大変なことやね」

「署長が拳銃持ってたいうんは、ホンマですか?」

「逮捕されたんやからホンマやろ」

香芝は矢継ぎ早に聞いてくるので、根尾は注意して応えた。

「香芝君が、たくさんの不良相手に闘ったとき、素手でナイフを握ったって?」

根尾は話題を変えた。聞きたいと思っていたことがあった。

「刺されないように握っただけです」

「でも大怪我するよね」

「殺されるよりマシです。……僕はそんな覚悟はいつもしてるんです」

「どんな覚悟なん?」

「簡単に言いますと、相手が殴ってきても殴り返さない、いうことです」

二十七歳、若い香芝はよく食べるが、それほど飲まない。生ビール三杯、ほど良く舌が回っている。

「殴られっぱなし?」

「殴り返したら、最終的にはどちらかが死ぬまで暴力は続きますので、そういうことになります」

「私はそうはいかないな。殴り返すわ」

根尾の脳裏に宝くじおばさんの苦痛にゆがむ顔が浮かんだ。

「長谷川課長と西部社長の死を目の当たりにしまして、僕の考えは間違っていないと確信しました」と香芝は言った。

「どこからそんな考えになったん?」

「本です」

「話が変わるけど」根尾はまた話題を変えた。「署長が三億円宝くじに当たったとして、その宝くじを香芝君が持ってるとしたらどうする？」と尋ねた。

「僕やったら、捨てます。そんな怖いもの」

「悪い奴には、バチが当たればいいと私は思っているの。これは誤り？」

「バチは誰が当てるんですか？」

「閻魔さん」と言って根尾は大笑いした。

「係長はパチンコ、ずっとやっているんですか？」

香芝は急に真剣な顔をして聞いてきた。

「最近はそうでもないの。昼はずっと行っていないし。心配してくれてありがとう」

根尾は聞いてもらって嬉しかった。

「暴力犯の係長も心配していますよ。失礼な言い方かもしれませんけど、精神の病気だと思うんです。我慢する精神力だけでは手に負えないと思うんです。病院へ行かれて、完全に治してください。長い入院になってもいいと思います。病気のせいばかりにするのも良くありませんけど」と香芝は言った。

根尾は涙がこぼれそうになった。涙でぼやけた目でコップを持ち、ビールを一口飲んだ。

「堤さんの娘さんとはどうなっているの？　仲良くしているの？」根尾は話題を変えた。

香芝は悲しそうな顔をして急に黙り込んだ。

「どうしたの？」根尾は心配になって、香芝の顔を覗き込んだ。

香芝はテーブルの一点をじっと見つめ、寂しく微笑むだけで何も言わない。そして、残り少なくなったビールを飲み干した。

……まさか？　思い違いもいい加減にしろ！　根尾は、自分に言い聞かせた。

二十七

〝光陰、矢の如《ごと》し〟とか〝時は金なり〟とか〝少年、老い易《やす》く、学成り難し〟とか。

時間を無駄に過ごしてはいけない意味の諺は多い。刑務所、拘置所、留置場などで拘束されている身には、そんな諺は通じない。矢の如く時間が早く過ぎて欲しいし、時は金ではない。学など成らなくてもいい。

綾部は昼食を終えて、いつものように床に仰向けで大の字になった。

硬い床に背中全部が当たると真っすぐ伸びるからか、ジーンと背中が痛い。特に腰の周辺はギシギシと音を立てて痛みが走る。痛みは骨からに違いない。二、三分そのままでじっとしていれば痛みは消え、いつの間にか呼吸も整ってくる。骨が正規の位置に、微妙に戻ったような気がする。

取調室にいる間、背を丸めて椅子に座っている毎日だ。そのせいで、強いストレスがかかり、猫背で前かがみの姿勢になってしまった。そのことに気づき、身長が低くなったようにも思った。以来、毎食後、大の字になって寝転んでいる。目をつぶると拘置所にいることを忘れてしまうときがある。目を開けると現実世界、独居室の中に居る。この瞬間ゾッとするが、これが今居る所なのだから、のんびりゆっくりしろと、自分自身に言い聞かせている。

「綾部、面会や」老看守の声がしたようだ。

返事をしないともう一度言うはずだが、いつまでも聞こえてこない。聞き間違いかもしれないと思い、老看守の方を見た。彼は丁度こちらに向かって歩いてくるところだった。

「誰ですか?」接見室に行く途中、綾部は根尾と解っていたが聞いた。

が彼は無視して歩いた。案の定、根尾だった。

「今日もよろしくお願いします」根尾は老看守に挨

拶をした。

「ご苦労さんです」老看守は機嫌良さそうに言った。「綾部は相変わらず寝転んでばっかりですわ」

刑事が被疑者の面会に来ることはない。面会しても違法ではないが、そもそもその必要がない。話があれば取調室で出来るからだ。

綾部は、根尾が胸に手を軽くサッと当てているのを見た。

以前の自分と同じことをやっている。根尾は今、以前の自分と同じ気持ちになっているに違いない。財布の厚みが上衣の布地を通して手に触れているのを愉《たの》しんでいるのだ。〈ある〉という安心感を体中に満たして。安心感は、嬉しさ、楽しさを生み愉快な気持ちにさせてくれる。

根尾もすぐに癖になってしまったのだろう、自分と同じように。そんな動作に気づき、宝くじの在り処を見抜いたに違いない。しかし、今の根尾自身、己の動作に気づいてはいないだろう。


アクリル板に、老看守が目を閉じて座っているのが映っている。

根尾はこちらを向いたままで話し出さない。いつまで黙っているのだろう、こちらが話し出さなければ、ずっとこのまま黙っているつもりなのだろうか。こちらから用事はない。この前のことを思うと腸が煮え返るが、こちらから話すのも腹の立つことだ。

「面会に来てもろうて、礼の一つも言わんかい!」老看守が綾部にきつく言った。「この人だけやないか、来てくれるんわ」

「すいません」と根尾がかわりに言った。

綾部は根尾から視線を外した。今日も警察庁から要請済みなのだろう。

「見せたいもんがあって来たんや」根尾はそう言って、手で胸に触れた。

綾部は、またやっていると思った。余程嬉しいのに違いない。根尾自身、やはりその動作に気づいていないようだ。

根尾は内ポケットから二つ折りの財布を取り出し、宝くじ四枚を抜き出した。

「これ、あんたの三億円や」と根尾は言って、当て付けがましく三枚をアクリル板に押し当てた。

綾部は三枚の宝くじ番号をじっと見た。確かに自分が三億当たった宝くじだ。

根尾は、老看守に目をやっている。

「逆転やな」老看守はボソッと言った。

根尾はもう一枚をアクリル板に押し付けて、「これは、私の一千万の当たりくじや」と言った。

「おめでとう」綾部は言った。

老看守は、逆転やな、と確かに言った。どういう意味で言ったのか知らないが、上司と部下が入れ替わったこと、人生逆転することを先輩面して言ったのだろう。そんなことを思っているから、こんな拘置所《あな》倉の下っ端で人生の大半を過ごす羽目になるのだ、と綾部は思った。

老看守は何も言わず、目を閉じた。根尾は一千万当たりくじを内ポケットの二つ折り財布に入れた。

「怒らんと、しっかり目を開けて見ていてくださいよ」と根尾はバカにしたように言った。

「怒ってないよ」綾部は自然に言った。

根尾は綾部の三億円当選宝くじ三枚を、再びアクリル板に押し当てた。

「番号をしっかり見ろよ。あんたの三枚に間違いないな」根尾は念を押した。

「間違いないよ。私の三億円当選宝くじだよ」

綾部は再度番号を確認した。間違いなく記憶にある番号だ。

「私は盗人ではないからこの三億円は、今でもあんたのもんや。銃刀法違反でパクられても、宝くじは銃刀法とは関係ないから差し押さえはされないよ。私にくれるん？」根尾は素人に説明するように言った。

「あげないよ」綾部はじっと根尾を見て言った。

「一億は私にくれるんやろ」

「やるよ」

根尾は上衣の外ポケットから百円ライターを取り出し、ブシュという音を立てて勢いよく火を点けた。十センチほどの、根元が青い火柱が上がった。

根尾は何も言わないで、三枚三億円の綾部の宝くじを火柱に当てた。

メラメラと三枚は燃え、あっという間に灰になり、根尾の手から床に落ちた。

綾部は半狂乱になりそうな自分を叱《しか》りつけ、押さえつけた。予想していたことではないかと、呪文《じゅもん》のように繰り返した。三億灰になったのだから、根尾にやる一億はない。

「あなたの一億も灰になってしまったね」と綾部は落ち着いて言った。

「悪の根源が無くなった。良かった」と根尾は綾部を無視して独りごとのように言った。「あんたにももらう一億は灰になってはいないよ、キッチリもらうよ。何年かかっても、あんたに三億は弁償してもらう」

「何年かかってもね」

「よ」綾部は薄ら笑いを浮かべて言った。「あんたへくれてやる一億はその後だ」

根尾に驚愕の色が表れたことを、綾部は見逃さなかった。

「すいません、お騒がせしまして」根尾は綾部に何も言わず、じっと綾部を見ている老看守に言った。

「逆転やな」老看守はまた同じことを言った。

綾部は老看守の方に振り返った。視線がぶつかり、一瞬沈黙した。

「逆転ですねぇ」と綾部は老看守に言った。

背筋を伸ばし、何事もなかったように椅子に座っている綾部は、根尾に視線を戻した。根尾は小首をかしげている。

「香芝君を覚えてます？」根尾が場違いなことを言った。

「覚えているよ」と綾部は言った。「どうしたの？」

「彼は立派な人間だと思うけど。そうは思わない？」

「あんたも彼が好きなんだね。そんなことより、あんた、この組織でのし上がっていくつもりなの？」綾部は胸の下に腕を組んで、根尾をじっと見て言った。

根尾は声を出して笑った。

「どうして警察組織の中のこと、組織内での出世を求めることしか考えないの？　組織とは檻《おり》の中、こと同じでしょう。私は、檻の中の自由など要らない」根尾は言った。

「ご立派ですね。ご訓示ありがとう。肝に銘じておくわ。でも今の言葉、組織から離れた私が言うセリフじゃないかしら？　かわりに言ってくれたんだ」綾部は手を膝の上に置いて言った。

「元キャリアでしょ。だったらこれからのあんたの人生、何をすべきか、自分で決めろよ」根尾は大きくハッキリ言った。

根尾は老看守に、床を灰で汚したことを詫びた。

「どういう意味か解らないけど。私は二年の懲役は覚悟しているの。何年懲役がきても、必ず出所する。何をすべきか充分考える時間はある」綾部は席を立ちかける根尾に言った。

「それからもう一言、言わせてもらうけど」綾部は老看守の方を見たが、すぐに根尾に視線を戻した。

「ノンキャリアがキャリアと逆転することなんかないんだよ。近いうちに新しい署長が本庁から着任するけど、ますます檻の中は強化される。あんた、警視になって署長になることなど夢見ないで、一千万でパチンコに専念した方がお似合いじゃないの？」

「言い忘れていたけど、署長さんにお礼を言わなくてはならないの。私のパチンコ依存症のことだけど、すっかり治ったの。多額盗難事件に専従してから、署長さんと私は宝くじに当たったった。誤認逮捕なんかが絡んで、結局金の奪い合いになった。私はパチンコするよりこっちの方が面白くなったの。とにかく金額が桁違《けたちが》いだからね。パチンコなんか馬鹿《ばか》らしくてやっていられなくなった。パチンコ屋の経営者がパチンコなんかしないという、あの心境だね。決定的なことは三億灰にしたこと。高くついたけどパチンコなどの子供の遊びも、灰になってしまったの」

「良かったね」

「もっと大きいことは、人を殺したこと」根尾は老看守に聞こえない極めて小さな声で言った。「お元気で、縁があったら、また会いましょう」

根尾は背を向けた。

「縁がなくても会うよ」

綾部の声は、根尾を追ってきた。

この作品はフィクションです。
登場する人物、団体、場所は
実在するいかなる個人、団体、場所とも
関係ありません。

本書は書き下ろしです。

N.D.C.913　214p　18cm

暗黒捜査《あんこくそうさ》　警察署長《けいさつしょちょう》　綾部早苗《あやべさなえ》

二〇一九年二月二十七日　第一刷発行

KODANSHA NOVELS

定価はカバーに
表示してあります

著者―二上《ふたかみ》　剛《ごう》

発行者―渡瀬昌彦

発行所―株式会社講談社

東京都文京区音羽二-一二-二一

郵便番号一一二-八〇〇一

編集〇三-五三九五-三五〇六
販売〇三-五三九五-五八一七
業務〇三-五三九五-三六一五

本文データ制作―講談社デジタル製作

印刷所―豊国印刷株式会社　製本所―株式会社若林製本工場

ISBN978-4-06-514937-9

KODANSHA NOVELS

講談社ノベルス

《最強》シリーズ、第二弾!
人類最強の純愛　西尾維新

《最強》シリーズ、第三弾!
人類最強のときめき　西尾維新

15人の絵師による豪華挿絵を収録!
りぽぐら!　西尾維新

神麻嗣子の超能力事件簿
念力密室!　西澤保彦

神麻嗣子の超能力事件簿
夢幻巡礼　西澤保彦

神麻嗣子の超能力事件簿
転・送・密・室　西澤保彦

神麻嗣子の超能力事件簿
人形幻戯　西澤保彦

神麻嗣子の超能力事件簿
生贄《いけにえ》を抱く夜《よ》　西澤保彦

神麻嗣子の超能力事件簿
ソフトタッチ・オペレーション　西澤保彦

書下ろし長編
ファンタズム　西澤保彦

著者初の非ミステリ短編集
マリオネット・エンジン　西澤保彦

京太郎ロマンの精髄
竹久夢二 殺人の記　西村京太郎

西村京太郎初期傑作選I
太陽と砂　西村京太郎

西村京太郎初期傑作選II
午後の脅迫者　西村京太郎

西村京太郎初期傑作選III
おれたちはブルースしか歌わない　西村京太郎

大長編レジェンド・ミステリー
十津川警部 愛と死の伝説(上)　西村京太郎

大長編レジェンド・ミステリー
十津川警部 愛と死の伝説(下)　西村京太郎

超人気シリーズ
十津川警部 帰郷・会津若松　西村京太郎

超人気シリーズ
十津川警部 姫路・千姫殺人事件　西村京太郎

超人気シリーズ
十津川警部「荒城の月」殺人事件　西村京太郎

超人気シリーズ
十津川警部「悪夢」通勤快速の罠　西村京太郎

超人気シリーズ
十津川警部 五稜郭殺人事件　西村京太郎

超人気シリーズ
十津川警部 湖北の幻想　西村京太郎

超人気シリーズ
十津川警部 幻想の信州上田　西村京太郎

超人気シリーズ
十津川警部 金沢・絢爛《けんらん》たる殺人　西村京太郎

超人気シリーズ
十津川警部 トリアージ 生死を分けた石見銀山　西村京太郎

講談社創業100周年記念出版
悲運の皇子《みこ》と若き天才の死　西村京太郎

超人気シリーズ
十津川警部 西伊豆変死事件　西村京太郎

超人気シリーズ
十津川警部 君は、あのSLを見たか　西村京太郎

超人気シリーズ
十津川警部 箱根バイパスの罠　西村京太郎

超人気シリーズ
十津川警部 猫と死体はタンゴ鉄道に乗って 西村京太郎

超人気シリーズ
十津川警部 長野新幹線の奇妙な犯罪 西村京太郎

超人気シリーズ
十津川警部 愛と絶望の台湾新幹線 西村京太郎

超人気シリーズ
十津川警部 山手線の恋人 西村京太郎

超人気シリーズ
十津川警部 両国駅3番ホームの怪談 西村京太郎

歴史の闇に挑む渾身作！
沖縄から愛をこめて 西村京太郎

「里見埋蔵金」探しに挑んだ先は！
内房線の猫たち 異説里見八犬伝 西村京太郎

豪快探偵走る
突破 BREAK 西村 健

ノンストップアクション
劫火（上） 西村 健

ノンストップアクション
劫火（下） 西村 健

世紀末本格の大本命！
鬼流殺生祭 貫井徳郎

書下ろし本格ミステリ
妖奇切断譜《ようきせつだんふ》 貫井徳郎

究極のフーダニット
被害者は誰？ 貫井徳郎

あの名探偵がついにカムバック！
法月綸太郎の新冒険 法月綸太郎《のりづきりんたろう》

「本格」の嫡子が放つ最新作！
法月綸太郎の功績 法月綸太郎

痛快×爽快な冒険ミステリ！
怪盗グリフィン、絶体絶命 法月綸太郎

「法月綸太郎」シリーズ最新長編！
キングを探せ 法月綸太郎

初登場！ ファンタジック異色ミステリー
½の騎士 ～harujion～ 初野 晴

新感覚タイムトラベル・ミステリ！
トワイライト・ミュージアム 初野 晴

第50回メフィスト賞受賞作
○○○○○○○○殺人事件 早坂 吝《やぶさか》

らいちシリーズ、第二弾
虹の歯ブラシ 上木《かみき》らいち発散 早坂 吝

らいちシリーズ、第三弾
誰も僕を裁けない 早坂 吝

らいちシリーズ、第四弾
双蛇密室 早坂 吝

らいちシリーズ、第五弾
メーラーデーモンの戦慄 早坂 吝

青春バトルミステリ！
RPGスクール 早坂 吝

噂の新本格ジュヴナイル作家、登場！
少年名探偵 虹北恭助《こうほくきょうすけ》の冒険 はやみねかおる

はやみねかおる入魂の少年「新本格」！
少年名探偵 虹北恭助の新冒険 はやみねかおる

はやみねかおる入魂の少年「新本格」！
少年名探偵 虹北恭助の新・新冒険 はやみねかおる

はやみねかおる入魂の少年「新本格」！
少年名探偵 虹北恭助のハイスクール☆アドベンチャー はやみねかおる

はやみねかおる入魂の少年「新本格」！
少年名探偵 虹北恭助の冒険 フランス陽炎村事件 はやみねかおる

KODANSHA NOVELS 講談社ノベルス

小学6年生、ひと夏の大冒険!
ぼくと未来屋の夏 はやみねかおる

はやみねかおるの大人向けミステリ
赤い夢の迷宮 勇嶺《はやみね》 薫《かおる》

書下ろし本格推理・トリック&真犯人
十字屋敷のピエロ 東野圭吾

書下ろし渾身の本格推理
宿命 東野圭吾

フェアかアンフェアか!? 異色作
ある閉ざされた雪の山荘で 東野圭吾

異色サスペンス
変身 東野圭吾

究極の犯人当てミステリー
どちらかが彼女を殺した 東野圭吾

未曾有のクライシス・サスペンス
天空の蜂 東野圭吾

名探偵・天下一大五郎登場!
名探偵の掟 東野圭吾

これぞ究極のフーダニット!
私が彼を殺した 東野圭吾

『秘密』『白夜行』へ至る東野作品の分岐点!
悪意 東野圭吾

純粋本格ミステリ
密室ロジック 氷川 透

第36回メフィスト賞受賞作
ウルチモ・トルッコ 犯人はあなただ! 深水《ふかみ》黎一郎《れいいちろう》

芸術×本格推理のクロスオーバー
エコール・ド・パリ殺人事件 レザルティスト・モウディ 深水黎一郎

芸術探偵・瞬一郎の事件レポート
トスカの接吻 オペラ・ミステリオーザ 深水黎一郎

驚愕のトリックに挑む「芸術探偵」シリーズ
花窗玻璃《はなまどはり》 シャガールの黙示 深水黎一郎

新たな「本格」の傑作!
倒叙の四季 破られたトリック 深水黎一郎

暗黒警察小説
ダーク・リバー 暴力犯係長 葛城《かつらぎ》みずき 二上《ふたかみ》 剛《ごう》

暗黒警察小説
暗黒捜査 警察署長 綾部早苗 二上 剛

錯綜する時間軸と事件の手がかり。その行方は!?
監禁 福田栄一

執拗に傷つけられた眼に一体何が?!
狩眼《しゅがん》 福田栄一

“法医学教室奇談”シリーズ
暁天の星 鬼籍通覧 椹野《ふしの》道流《みちる》

“法医学教室奇談”シリーズ
無明の闇 鬼籍通覧 椹野道流

“法医学教室奇談”シリーズ
壷中の天 鬼籍通覧 椹野道流

“法医学教室奇談”シリーズ
隻手の声 鬼籍通覧 椹野道流

“法医学教室奇談”シリーズ
禅定《ぜんじょう》の弓 鬼籍通覧 椹野道流

“法医学教室奇談”シリーズ
亡羊《ぼうよう》の嘆《たん》 鬼籍通覧 椹野道流

“法医学教室奇談”シリーズ
池魚《ちぎょ》の殃《わざわい》 鬼籍通覧 椹野道流

“法医学教室奇談”シリーズ
南柯《なんか》の夢 鬼籍通覧 椹野道流

新本格レジェンド作家大集結!
7人の名探偵 新本格30周年記念アンソロジー 文芸第三出版部・編

斬新奇抜タイムリープミステリ！
404 Not Found　法条《ほうじょう》 遥《はるか》

少女幻視探偵　三上汀！
空き家課まぼろし譚　ほしおさなえ

本格ミステリの精髄！
本格ミステリ02　本格ミステリ作家クラブ・編

2003年本格短編ベスト・セレクション
本格ミステリ03　本格ミステリ作家クラブ・編

2004年本格短編ベスト・セレクション
本格ミステリ04　本格ミステリ作家クラブ・編

2005年本格短編ベスト・セレクション
本格ミステリ05　本格ミステリ作家クラブ・編

2006年本格短編ベスト・セレクション
本格ミステリ06　本格ミステリ作家クラブ・編

2007年本格短編ベスト・セレクション
本格ミステリ07　本格ミステリ作家クラブ・編

2008年本格短編ベスト・セレクション
本格ミステリ08　本格ミステリ作家クラブ・編

2009年本格短編ベスト・セレクション
本格ミステリ09　本格ミステリ作家クラブ・編

ミステリの進化に刮目せよ！
本格ミステリ'10　本格ミステリ作家クラブ選・編

豪華作家陣が競演！
ベスト本格ミステリ'11　本格ミステリ作家クラブ選・編

本格ミステリ界のオールスター戦！
ベスト本格ミステリ'12　本格ミステリ作家クラブ選・編

至高のミステリ11選！
ベスト本格ミステリ'13　本格ミステリ作家クラブ選・編

どこから読んでも面白い！
ベスト本格ミステリ'14　本格ミステリ作家クラブ選・編

美しき謎、ここに極まれり！
ベスト本格ミステリ'15　本格ミステリ作家クラブ選・編

謎解きのフェスティバルへようこそ！
ベスト本格ミステリ'16　本格ミステリ作家クラブ選・編

謎解き小説の〝未来〟がここにある！
ベスト本格ミステリ'17　本格ミステリ作家クラブ選・編

名探偵になりたいあなたへ――
ベスト本格ミステリ'18　本格ミステリ作家クラブ選・編

第19回メフィスト賞受賞作
煙か土か食い物　舞城《まいじょう》王《おう》太郎《たろう》

いまもっとも危険な〝小説〟！
暗闇の中で子供　舞城王太郎

ボーイミーツガール・ミステリー
世界は密室でできている。　舞城王太郎

舞城王太郎のすべてが炸裂する！
九十九十九《ツクモジュウク》　舞城王太郎

第一短編集待望のノベルス化！
熊の場所　舞城王太郎

あなたを駆け抜ける圧倒的スピード感
山ん中の獅見朋成雄《シミトモナルオ》　舞城王太郎

舞城王太郎が放つ、正真正銘の「恋愛小説」
好き好き大好き超愛してる。　舞城王太郎

死と再生を繰り返す舞城ワールドの新たな渦！
獣の樹　舞城王太郎

殺戮の女神が君臨する！
黒娘　アウトサイダー・フィメール　牧野 修

その箱の中を覗いてはいけない――
破滅の箱　トクソウ事件ファイル①　牧野 修

壊れるべきは、世界の方じゃないか？
再生の箱　トクソウ事件ファイル②　牧野 修

本格ミステリの巨大伽藍
作者不詳　ミステリ作家の読む本　三津田信三

衝撃の遺体消失ホラー
蛇棺葬　三津田信三

身体が凍るほどの怪異！
百蛇堂　怪談作家の語る話　三津田信三

本格ミステリーと民俗ホラーの奇跡的融合
凶鳥の如き忌むもの　三津田信三

刀城言耶シリーズ！
密室《ひめむろ》の如き籠るもの　三津田信三

刀城言耶シリーズ 最新作！
生霊《いきだま》の如き重《だぶ》るもの　三津田信三

怪奇にして完全なるミステリー
スラッシャー　廃園の殺人　三津田信三

酸鼻を極める恐怖の連続
ついてくるもの　三津田信三

怪奇短編集
誰かの家　三津田信三

ホラー＆ミステリー
忌物堂鬼談《いぶつどうきだん》　三津田信三

講談社ノベルス25周年記念復刊！
聖女の島　皆川博子

大人気作家×大人気ゲーム　奇跡のノベライズ
ICO《イコ》 ―霧の城―　宮部みゆき

ミステリ界に新たな合作ユニット誕生！
ルームシェア　私立探偵・桐山真紀子　宗形キメラ

ばらのまち福山ミステリー文学新人賞優秀作
旧校舎は茜色の迷宮　明利《めいり》英司

ホラー＋本格ミステリー！
幽歴探偵アカイバラ　明利英司

学園ミステリ・アンソロジー
学び舎は血を招く　メフィスト学園1　メフィスト編集部・編

新感覚ミステリ・アンソロジー誕生!!
忍び寄る闇の奇譚　メフィスト道場1　メフィスト編集部・編

学園ミステリ傑作集！
ミステリ魂。校歌斉唱！　メフィスト学園　メフィスト編集部・編

最強ミステリ競作集！
ミステリ愛。免許皆伝！　メフィスト道場　メフィスト編集部・編

超豪華アンソロジー
QED 鏡家の薬屋探偵　メフィスト賞トリビュート　メフィスト編集部・編

本格民俗学ミステリ
吸血鬼の壜詰　【第四赤口の会】　物集高音《もずめたかね》

第40回メフィスト賞受賞作！
無貌伝～双児の子ら～　望月守宮《もちづきやもり》

これが新世代の探偵小説だ!!
無貌伝～夢境ホテルの午睡～　望月守宮

「無貌伝」シリーズ第三弾！
無貌伝～人形姫《ガラテア》の産声～　望月守宮

謎を積み込んだ豪華列車の向かう先は……!?
無貌伝～綺譚会《きたんかい》の惨劇《さんげき》～　望月守宮

最凶の名探偵VS.孤高の探偵助手！
無貌伝～探偵の証～　望月守宮

無貌伝シリーズ、クライマックス
無貌伝～奪われた顔～　望月守宮

伝説、完結！
無貌伝～最後の物語～　望月守宮

本格の精髄
すべてがFになる　森 博嗣

硬質かつ純粋なる本格ミステリ
冷たい密室と博士たち　森 博嗣

KODANSHA NOVELS 講談社ノベルス

純白な論理ミステリ
笑わない数学者 森 博嗣

清冽な論理ミステリ
詩的私的ジャック 森 博嗣

論理の美しさ
封印再度 森 博嗣

森ミステリィのイリュージョン
幻惑の死と使途 森 博嗣

繊細なる森ミステリィの冴え
夏のレプリカ 森 博嗣

清冽なる衝撃、これぞ森ミステリィ
今はもうない 森 博嗣

多彩にして純粋な森ミステリィの冴え
数奇にして模型 森 博嗣

最高潮！　森ミステリィ
有限と微小のパン 森 博嗣

森ミステリィの華麗なる新展開
黒猫の三角 森 博嗣

冷たく優しい森マジック
人形式モナリザ 森 博嗣

森ミステリィの華麗なる展開
月は幽咽《ゆうえつ》のデバイス 森 博嗣

森ミステリィ、七色の魔球
夢・出逢い・魔性 森 博嗣

驚愕の空中密室
魔剣天翔 森 博嗣

豪華絢爛　森ミステリィ
恋恋蓮歩の演習 森 博嗣

森ミステリィ、凜然たる論理
六人の超音波科学者 森 博嗣

創刊20周年記念特別書き下ろし
捩れ屋敷の利鈍 森 博嗣

至高の密室、森ミステリィ
朽ちる散る落ちる 森 博嗣

端正にして華麗、森ミステリィ
赤緑黒白 森 博嗣

森ミステリィの更なる境地
四季　春 森 博嗣

優美なる佇まい、森ミステリィ
四季　夏 森 博嗣

精緻の美、森ミステリィ
四季　秋 森 博嗣

森ミステリィの極点
四季　冬 森 博嗣

森ミステリィの新世界
φ《ファイ》は壊れたね 森 博嗣

鮮やかなロジック、森ミステリィ
θ《シータ》は遊んでくれたよ 森 博嗣

清新なる論理、森ミステリィ
τ《タウ》になるまで待って 森 博嗣

森ミステリィ、驚嘆の美技
ε《イプシロン》に誓って 森 博嗣

論理の匠技
λ《ラムダ》に歯がない 森 博嗣

森ミステリィの深奥
η《イータ》なのに夢のよう 森 博嗣

純化される森ミステリィ
目薬α《アルファ》で殺菌します 森 博嗣

Gシリーズ最大の衝撃！
ジグβ《ベータ》は神ですか 森 博嗣

Gシリーズの絶佳！
キウイγ《ガンマ》は時計仕掛け 森 博嗣

Gシリーズの転換点
χ《カイ》の悲劇 森 博嗣

またひとつ連環が明かされる
ψ《プサイ》の悲劇 森 博嗣

森ミステリィの最新説！
イナイ×イナイ 森 博嗣

冴えわたる森ミステリィ
キラレ×キラレ 森 博嗣

森ミステリィの正道
タカイ×タカイ 森 博嗣

切実さに迫る森ミステリィ
ムカシ×ムカシ 森 博嗣

深淵に触れる森ミステリィ
サイタ×サイタ 森 博嗣

一陽来復、森ミステリィ
ダマシ×ダマシ 森 博嗣

ミステリィ珠玉集
まどろみ消去 森 博嗣

森ミステリィの現在、そして未来
地球儀のスライス 森 博嗣

森ミステリィの煌き
今夜はパラシュート博物館へ 森 博嗣

千変万化、森ミステリィ
虚空の逆マトリクス 森 博嗣

詩情溢れる、森ミステリィ
レタス・フライ 森 博嗣

摂理の深遠、森ミステリィ
そして二人だけになった 森 博嗣

森ミステリィの詩想
奥様はネットワーカ 森 博嗣

ミステリーランドの傑作がついにノベルスに！
探偵伯爵と僕 森 博嗣

玲瓏なる森ミステリィ
カクレカラクリ 森 博嗣

新感覚ハードボイルド！
ゾラ・一撃・さようなら 森 博嗣

優しく暖かな森ミステリィ
銀河不動産の超越 森 博嗣

稀代のストーリーテラー二人が生み出す奇跡
トーマの心臓 Lost heart for Thoma 森 博嗣 萩尾望都

小松左京賞受賞作家の新境地！
アクエリアム 森《もり》 深紅《みくれ》

南の島のバカンスが暗転!?
マローディープ 愚者たちの楽園 森福 都

長編本格ミステリー
暗黒凶像 森村誠一

長編本格ミステリー
殺人の祭壇 森村誠一

第33回メフィスト賞受賞
黙過《もっか》の代償 森山赳《たけ》志《し》

長編本格推理
聖フランシスコ・ザビエルの首 柳 広司

第30回メフィスト賞受賞
極限推理コロシアム 矢野龍王

前代未聞の殺人ゲーム
時限絶命マンション 矢野龍王

前代未聞の脱出ゲーム！
箱の中の天国と地獄 矢野龍王